Quiénes somos ahora

KATYA ADAUI
Quiénes somos ahora

RANDOM HOUSE

Papel certificado por el Forest Stewardship Council®

MIXTO
Papel procedente de
fuentes responsables
FSC® C117695

Penguin
Random House
Grupo Editorial

Primera edición: junio de 2023

© 2022, Katya Adaui
© 2022, Penguin Random House Grupo Editorial, S.A., Lima
© 2023, Penguin Random House Grupo Editorial, S.A.U.
Travessera de Gràcia, 47-49. 08021 Barcelona

Printed in Spain – Impreso en España

ISBN: 978-84-397-4226-5
Depósito legal: B-19.276-2022

Impreso en Liberdúplex
Sant Llorenç d´Hortons (Barcelona)

RH 4 2 2 6 5

Para Ana, por nuestra vida.

En 1986, yo tenía nueve años y todos los augurios se anunciaban en el cielo.

Chernóbil, el Challenger, el cometa Halley, y el avión de Alitalia que debía traer a mi madre.

¿En qué vuelo vino usted? Observaba a todos los pasajeros, cada cabeza yo la auscultaba. Y no aparecía. Digo aparecer con intención capicúa: defecto que podía ser virtud.

Imaginamos una escena similar:

Llegaría cargando dos maletas (partió con una, era compradora compulsiva). Sería la última pasajera y por su nerviosismo seguro la revisarían. Comida fresca en el equipaje, aceitunas, embutidos, quesos, salame, y la profusión de Marlboros. La dejarían pasar, sin multarla.

Porte de actriz de Cinecittà.

Lo sabía bien, lo aprovechaba, una altanería impune y vulgar, la belleza inusitada y fría, coqueteo, el pelo corto, ensimismado. Dormía con ruleros o se hacía la permanente. Con la misma sobredosis de encanto y horror, mi madre fascinaba en un mundo de hombres.

Se tomaba ocho tazas de café y fumaba paquete y medio de cigarros al día. El temblor, su manera de estar, de asirse.

La vería por partes, como siempre la vi. Nunca el cuerpo completo.

Primero el penacho rubio, los ojos azules, las pestañas gruesas delineadas, las cejas espesas y negras, la nariz. Tuvo un accidente de auto a los dieciocho, las vueltas de campana se la rompieron, la operaron y de frente parecía perfilada. En este respingo, en este artificio, su altanería. Dientes color papel. Dentadura postiza arriba y abajo por el mismo motivo (tardé mucho tiempo en saberlo, creía en la excepcionalidad inmaculada de sus dientes). El cuello largo. Las manos, también largas y con anillos, dos en cada una.

Rogué por la lista de pasajeros. No se la podemos dar a una niña. En realidad, a nadie.

Mi padre nos dijo:

Volveremos mañana.

Creí que el avión había estallado. ¿Dejó una estela que alguien rastreó y siguió, serpentinas o fuegos artificiales? Sin poder dormir, Vanessa tampoco. ¿Dónde está mamá? En el cielo.

Al día siguiente fue la primera en salir. Con tres maletas. Y un aire rejuvenecido. No, rejuvenecido no. Despreocupado. Liberada de nosotros, pensé herida.

Nos abrazó y llenó de besos, le dio un pico a mi padre, nos codeamos, jamás los vimos besarse. Me susurró: ¿Ves? Sí se quieren. Yo dije: No se han visto en mucho tiempo.

A Trento a enterrar al primer esposo. Allí seguía casada con él, era su viuda.

Estaría solo una semana. Se quedó tres meses.

Durante la ausencia de mi madre, vivimos con la madrina de mi hermana. Nos bañaba frotándonos la espalda y las piernas con toallón. Enrojecer, que corriera la sangre. Dormíamos en el cuarto de la mayor de sus hijos, Magaly. Madre e hija se llamaban igual. Veía televisión hasta pasada la medianoche. Volvía del último año de secundaria, a veces se acostaba en uniforme. Escuchaba la puerta abrirse, me daba vuelta y quedaba en ángulo parcial. Ella veía *Marco Polo*, yo también, con el rabillo del ojo. La ruta de la seda. La miniserie no acababa nunca; una cartografía inabarcable.

Magaly nos enviaba a clases con fruta y jugo en la lonchera. Al menos no nos mandaba huevo duro, como mi madre. Ni terminabas de pelar la cáscara y todo el salón hedía y se burlaban de ti.

Mi padre tenía dos trabajos: enseñaba inglés en la Escuela Naval en La Punta y en el Instituto Cultural Peruano Norteamericano del centro de Lima. Nos llevaba y traía del colegio. Los sábados en la mañana nos recogía de la casa de Magaly y nos quedábamos con él los fines de semana.

Un sábado a la noche tuve fiebre alta.

Paso los 39 grados, hablo cualquier cosa: la vida que he vivido se entremezcla con mentiras cuyo origen desconozco, un fondo de oscuridad que también soy yo.

Uno de los sustos que les di. Convulsioné dos veces por fiebre alta. La temían tanto que si ardía se metían conmigo a la ducha, con la ropa puesta, al agua helada.

Recostada en el sofá, mi padre mojó una gasa y me la puso en la frente. Estoy delirando. Un aroma dulce y maravilloso se cuela por la nariz.

Huele a chicha morada, le digo.

Observa el vaso en sus manos. Sí había remojado la gasa en chicha morada. Mi madre usaba Vinagre Bully para bajar la fiebre. Como no lo encontró por ninguna parte y, para no salir a comprar y dejarme sola con mi hermana, buscó alivio por compensación. Un experto: idealizaba sus buenas intenciones para reparar, arruinando de forma irremediable cosas que no estaban del todo perdidas.

Lo veo arreglando la terma con un alicate. Pasó de la gotera al caudal. El agua chorreó hasta el primer piso, grada a grada, durante siete horas seguidas y la catarata estropeó el parqué. Lo secamos tres días.

Lo veo trapeando el parqué con ácido muriático: lo manchó de negro, el tono marmoleado no se fue más.

Lo veo pegando adornos de mi madre con Moldimix. Un dragón de jade que le envió su hijo desde China, lucía tres anillos de una textura y de un tono diferentes de verde, el del pegamento.

Lo veo parchando sus propios dientes postizos. En vez de ir al dentista, los esculpía con lija para pared y los regresaba a su dentadura.

Llamarse por segundo nombre Salvador y no salvar nada. Debió ser su primer nombre y no Alberto. Alberto significa nobleza.

El tratamiento inadecuado, el pegamento inapropiado, las buenas intenciones, las amalgamas imposibles. Cuando por fin descubrí a qué olían su boca y su bigote, algo entre tuco, comino y palillo, en la base de cigarros baratos, encontré Moldimix.

Durante la enfermedad era ella la que sabía cuidarme y lo hacía bien, se desvivía, nada malo salía de su boca, solo palabras de amor, nada malo de sus manos. Sopas humeantes, con trozos pequeños de zanahorias y papas, fideos salados a punto y una capa de orégano tostado sobre las gotas de aceite.

No te me vayas a enfermar, decía. Me le enfermaba. Sana, por y para ella.

Se sigue usando Vinagre Bully.

Contrario a lo que hacían, aplicarlo en la frente, hay que ponerlo en las pantorrillas, irá dilatando los vasos sanguíneos, subirá al resto del cuerpo y la fiebre bajará.

En el colegio nos contaron que el cometa Halley se haría visible.

Yo volaba cometas, pensé que eran la misma cosa. Una cometa infinita daba vueltas en el universo, podría atestiguar sus colores y la pita que nos hilaba semejantes.

No era raro que confundiera.

El cometa Halley acontecería otra vez en 2061, a mis ochenta y cuatro años. Mejor verlo a los nueve. Después, ¿quién sabría?

Subimos a la azotea y esperamos y esperamos.

No vimos nada.

Desde entonces, las cuentas regresivas me alegran tanto como melancolizan. ¿Y si al llegar a cero nada explota o explota todo?

En Pekín, invitada a la residencia de escritura de la academia Lu Xun, fugo a los parques, a sus senderos de agua y sauces llorones.

Demasiado pronto noté las cámaras de seguridad, el asedio panóptico cuadra tras cuadra, desde todo ángulo y todo lado, árboles, cornisas, postes.

El encuentro en un parque con un carrusel de caballos y sirenas, avioncitos con canguros, un baño con espalda de escarabajo. Juegos mecánicos lustrosos, recién desenchufados, recién pasmados. Eso y cierto aire de abandono. Un efecto siniestro, los ojos de todos estos seres también nos vigilan.

¿Dónde, los niños? Seis de la tarde.

Solo Christos, mi compañero griego, y yo, los caminantes.

Partimos cada día a las nueve, tomamos el metro hasta el último paradero y hacemos todo el trayecto de regreso a pie. Escogemos rutas poco transitadas. Soy su acompañante, él nos guía, yo no sabría volver, ni siquiera a la estación más próxima. Merodeamos, sacamos fotos, conversamos de nuestras vidas, vamos cubiertos con gorras, nos sentimos escaneados a tiempo completo.

¿Sabes en cuánto rato encuentran a quien comete una infracción en cualquier punto de China?, me pregunta.

Ni idea.

Siete minutos.

Estamos frente al juego más realista.

Un simulador, la copia de un transbordador espacial. Y, a diferencia de los que vemos en las noticias, blancos y listos para el despegue vertical; amarillo y horizontal.

El nombre escrito en ambas caras con letras rojas y negras: CHALLENGER.

No decimos nada.

En este viaje descubro el efecto Doppler.

Desde la ventanilla del tren bala de Pekín a Shanghái, a 250 kilómetros por hora, un avión nos acaba de sobrevolar a velocidad de torpedo. ¿Por qué vuela tan rápido?, la única sorprendida soy yo, enmudecida, pegada al asiento. ¿Qué te pasa? Los demás dan por hecho la simultaneidad.

¿Y cómo se observan dos cosas avanzando paralelas en la misma lentitud? ¿Notaría la ralentización?

Una mañana en la chacra me lancé desde el Escarabajo en movimiento.

En las películas de vaqueros los bandidos arrojan el botín y saltan tras él desde un vehículo a toda máquina, vagón, diligencia, caballo, y no les pasa nada.

Rodé, caí a un cauce seco, me raspé las rodillas, el pelo se me enredó en el alambre de púas.

¿Qué has hecho? ¡Te has podido matar! Se bajó corriendo a ayudarme, me sacudió, recortó los mechones trabados.

Mi padre, sin entender la prisa de chocar el cuerpo. La inercia. El rebote.

Mi velocidad secreta.

Me levanté en la bicicleta, pedaleé con vigor nuevo y salí volando.

A los dieciséis ya deseaba tener cuarenta.

Se estrellaba contra los muebles hasta quedar encajada, sin moverse, había perdido el retroceso.

Un martes dejó de comer.

Algo andaba mal, muy mal, ¿qué?

A la veterinaria, las dos caminando, a cuadra y media de casa.

Una señora que venía hacia nosotras tomando cerveza de una lata le habló: ¡Vamos, viejita!

En mi barrio en Buenos Aires este asombro: la ternura que desencadena la ternura, al menos hacia los perros.

Otra señora caminó conmigo y Mara hablándome del suyo, a nuestro ritmo. Cuando coincidíamos en la verdulería, me contaba de Cepillo. Todas las noches dormía a mis pies, pero la última se quedó afuera, no quería que lo viera. Yo completaba la historia: Fuiste a buscarlo por la mañana y se le había parado el corazón.

Y ella: Eso mismo.

Una semana atrás, una mujer nos vio y le susurró a su hija: Cede el paso, está enferma. Quise decirle: No, no, no. Usted está muy equivocada. Solo es vieja. Y pensé con horror: le está enseñando a su propia hija, ella que ya no es joven, que la vejez es una enfermedad.

Pero tuve miedo de la premonición.

En dos libros anteriores maté a mis padres de la misma manera en que luego fallecieron.

El día del cumpleaños dieciséis de Mara escribí:

Frente a la verdulería de mi cuadra, en una silla que nadie roba, hoy se ha sentado una anciana, la vida le pasa cerca y ella la ve pasar.

La miro yo y ella a mi perra.

Calle arriba, la llevo en su correa neón, sin apuro, esquivamos árboles y motos, pozos de lluvia.

Hasta hacía dos años podía soltarla, iba olfateando todo, temblando, iba viendo y olvidando.

Una vez un señor se enredó en la cadena y la pateó, se arrodilló diciéndole:

Perdóname, no te vi.

A la vuelta quiero comprar verduras.

Se la cuido, me ofrece la anciana.

Le entrego a Mara.

Ha cambiado de dueña sin enterarse.

La retiene paralizada entre sus piernas.

Al salir, la cargo a la altura de sus ojos, inundados de agradecimiento:

Bebecita linda, hermosa, ¿cuántos años tiene?

Dieciséis.

Espantada, retrocede:

¿Cuánto viven los perros?

Sin responderle, volvemos a casa, tiro un poco de su correa, apurándola, perseguidas, si un perro llega a esta edad ha sido amor, yo me pregunto lo mismo cada día.

Alicia me abrió la puerta.

Encontró la ficha:

Pasó más de un año desde que la vacunaste, ¿por qué recién la traés?

No. Recuerdo haberla vacunado el 24 de enero.

Sí, el 24 de enero de 2020. Y estamos mayo de 2021.

Me parece rarísimo.

Huele mal.

La bañé hace dos días. Conmigo. La cargo en la ducha y la baño así.

¿Por qué la trajiste?

La veo muy desganada.

Vamos a sacarle sangre. Pero siento un olor raro. A pis.

Sufre de los riñones y del hígado.

Lo sé. Lo sé. Lo tengo anotado. Subila.

Pongo a Mara en la mesa.

¿Cuántos años te pensás que tengo?

No sé, te ves muy joven.

Se ríe. Una amiga escritora me la recomendó: Es tremenda. ¿Cómo tremenda? No hay nadie mejor que ella, pero es jodida. Se le metió en la cabeza que mi Chubut tenía los ojos de su exmarido. Lo llevé a la entomóloga que ella misma me recomendó y cuando volví con Chubut a su consultorio, se enojó con él: ¡Sos igual a todos los hombres y vas a ser el último que me va a engañar con otra!

La primera vez que la visité, su consultorio quedaba en mi cuadra y se llamaba: El Quijote. Debió devolver el local tras alquilarlo por más de veinticinco años. Ahora trabaja en la veterinaria de su exmarido —esta máquina era de mi abuelo, funcionó perfecto durante sesenta años, llegué y ¿qué te creés?, ya me la rompieron—. Le cedió un cuarto con dos ambientes divididos por un biombo de madera, mira a la calle y tiene la mejor vista.

Tengo setenta y uno. Yo diagnostico y los análisis solo confirman lo que pensé. O no.

Alicia salvó a Mara de una mala praxis. Lo primero que me dijo esa vez: Está horrible, pero tranquila que no se va a morir de esto, es decir, va a suceder, eventualmente, pero no hoy.

Se le descosieron los puntos y se le abrió un hueco en la panza. La operaron sin raparla ni quitarle el abrigo, sin hacerle el examen prequirúrgico ni una biopsia. La curó en una semana. La técnica la descubrieron doctores que no accedían a antibióticos en África: al cubrir con azúcar, una capa se forma, se amalgama y las bacterias no pueden atravesarla. Se llama cicatrización por segunda intención, al cerrarse las heridas de adentro hacia fuera y no al revés. La envolvió con un vendaje azul, especial para las patas lastimadas de los caballos. En casa reemplacé el azúcar por miel. Aún mejor, dijo. La panza recuperó su tono rosado, una sutura desencajada, de labio leporino, que desapareció al poco tiempo.

Había pasado un año desde que Mara anduvo rellena como una torta y vendada como un pura sangre. Lo que me dice Alicia tiene absoluto sentido para mí.

Creo que está teniendo una falla renal grave. Vamos a pasarle suero hasta que lleguen los resultados del análisis.

Me acerca un banquito.

¿La vas a tener cargada?

Sí.

Recuesto mi espalda contra el librero. Acaricio el hocico tibio y húmedo, el surco entre los ojos. Un ojo de buey delinea el biombo de madera. Proviene de un barco. La lámpara del techo, con una enredadera falsa (una falsedad notable, con puntas amarillentas y secas), también fue arrancada de un barco.

¿Quién es el marino?

El padre de mi exesposo. Te voy a mostrar, esto es lo que hago cuando no vengo, no puedo estar sin hacer nada. Descuelga su celular del bolsillo del uniforme. Lo carga con una cinta alrededor del cuello. Todo lo he restaurado yo. Veo reliquias marineras. Una escafandra, un catalejo, un cenicero con la rosa náutica. Pulidos a nuevo, el bronce reluciente. Debí estudiar arte, me dice.

Mientras paso las fotos me fijo en la fecha del celular. Alicia, estamos en 2020, la vacuné este enero. Ah, tenés razón, responde. Voy a pasarle sedante, glucosa y también un antianémico.

Mara aúlla.

Nos miramos en silencio.

Es sorda, le digo.

Ojo. Es sorda pero no muda.

Me alegra escuchar su voz de nuevo.

Alicia sonríe, desaparece el celular en el bolsillo, revisa:

Está pasando bien.

Digo:

Leí que los perros que se quedan sordos creen que les han dejado de hablar de un día para otro.

Y puede ser. ¿Por qué no?

Con una linterna le ausculta los ojos:

Va a ver hasta su último día. Decime, para vos, ¿cuál es el límite?

El límite es el dolor.

Bien. Estamos de acuerdo. ¿Sabés por qué me hice veterinaria?

La invito a contármelo.

Yo tenía diez años cuando mi hermano de doce tuvo una infección renal. Era flaquito y tenía toda la panza inflamada. Mi papá convirtió la casa en una enfermería. Tenía un doctor amigo que dejaba su teléfono para que pudiera llamarlo. El doctor iba al cine y antes le avisaba, le dejaba el teléfono del cine, y decía en recepción: Si me llaman, me sacan de la película. Y cuando mi hermano murió a los ocho meses, le pidió perdón a mi papá. El dolor de los animales es como el de los chicos.

La miro.

Dice:

Hay nombre para el dolor de los hijos que pierden a los padres y para el de los padres que pierden a los hijos. ¿Pero cómo se llama el dolor de los hermanos que pierden a sus hermanos?

Tengo un medio hermano que también murió, le digo. Él tenía tres, pero yo todavía no había nacido.

Ah.

Cuando vine a vivir a Buenos Aires el año pasado descubrí que aquí tengo a una prima hermana de tu edad. Me enteré de que estaba con mi papá cuando su hijo murió. Miraban por la ventana y lo vieron todo. Me dijo que a mi hermano no lo atropellaron, que el camión tenía un tubo que le sobresalía y lo golpeó en la cabeza. Eso me hizo perder el miedo a manejar.

Lo ves, ¿no? Conocer la verdadera historia cambia el trauma.

Mara aúlla de nuevo.

¿Le duele?, pregunto.

Si es la uremia se está intoxicando. No se queja, delira.

Todos los días la llevaré mañana y tarde a recibir el suero. La uremia elevada al triple de lo normal. Alicia me muestra en el celular el pueblo italiano de su bisabuelo: Este es el río y este es el puente, este sendero es hermoso para andar. Con la hermana que me sigue, todos dicen que ella habla más que yo y es cierto, si soy un papagayo, ella es el loro, con mi hermana queremos venirnos a vivir aquí. Vos que escribís tenés que ir, te quedás en el refugio del pueblo. ¿Pero sabés qué voy a extrañar? No a mis hijos. Esto. Dice esto y ha tocado la mesa de exploración.

El sábado en la mañana, Ana y yo caminamos cargando a Mara. Antes de que se abriera la puerta, el sol tocó su hocico y parpadeó. Un día precioso de frío soleado.

Alicia le tomó la temperatura. Tiene hipotermia, dijo. Está bien, contesté. Me arrodillé a la altura de sus ojos, Ana mirándome.

Todo fue muy rápido.

La metió en unas bolsas negras.

Esperá, dijo, la voy a poner en la posición en que nació.

Un paquete que podía ser cualquier cosa, una encomienda caliente y en postura familiar, el acurrucamiento acostumbrado.

En la puerta, Alicia:

Vení a visitarme cuando quieras. Hiciste todo bien así que espero que tengas paz.

Dijo que nunca, por nada del mundo, hay que guardar las cenizas en casa.

No le conté que mi hermana conserva las de mi madre desde hace siete años, yo las de mi padre desde hace diez y que aún no podemos subirnos a una lancha y lanzarlas al mar como acordamos (deshacernos de las cenizas; las cenizas se deshacen). Decimos, pronto lo haremos, pero nada.

Mis hijos saben que no tengo una sola enfermedad, camino derecha, dijo Alicia, con todo lo que fumo. Un día van a venir a mi casa y se van a encontrar con mis cenizas. No me lancen al mar, me voy a cualquier lado, pero al mar no que me ahogo.

Yo estuve muy preocupada por el manejo del cuerpo.

No sabía dónde enterrarla. Con la primera cuarentena era imposible ir a un parque. Menos aún, excavar. Excavar una tumba, aunque para una perra. Tampoco contábamos con una pala. ¿Por qué tendríamos en el centro de la ciudad, en un departamento sin jardín ni terraza, la herramienta imprescindible del campo? La hubiera agradecido igual, sin poder usarla. Yo sabía palear, hasta mis dieciséis tuvimos una chacra.

¿Te la querés quedar?

No.

Bueno, estamos de acuerdo. Entonces vas a ir al Instituto Pasteur y ellos la van a cremar. Es gratis pero no hay reembolso de cenizas. La creman con todas las mascotas que la gente lleva y luego fertilizan la tierra. Va a volver a la tierra, como todos nosotros, así que alegrate.

Me hizo un certificado de defunción. De todas las palabras del documento: Irreversible. Mara murió al mes exacto de cumplir dieciséis. Lo tuve a mano por si la policía nos paraba, como nuestros oficios no son alimentarios o de primera necesidad, no contábamos con un pase de circulación.

La noche previa la había pasado pésimo.

Averiguamos con Alicia y nos dijo que le diéramos un calmante de persona. Ana tenía pastillas para dormir. Con intervalos de cuatro horas, le di tres. Me di cuenta de la dimensión de mi amor, con tal de que no sufriera yo podía matarla.

La saqué del baúl, estaba tiesa y pesaba el doble. Ana la cargó:

Qué raro. ¿Por qué será?

No sé.

El parque Centenario rodea el instituto.

¿Qué es, gato o perro?

Y la entregué.

Sentémonos allí, dijo Ana. Silencio. Recogí una hoja. El pasto verdísimo, salpicado de hojas marrones o amarillentas. Un pájaro con el mismo otoño en el pecho daba pasitos confiados.

Voy a llevarme esta hoja, le dije. Me abrazó. Bueno, mejor no me la voy a llevar.

Cuarentena por coronavirus. Día sesenta.

Mara me hizo un regalo: me devolvió a la calle todos los días entre marzo y mayo. La normalidad entre nosotras, salir cinco, seis veces. Sacar a la mascota a la puerta era lo único autorizado, lo cotidiano vuelto excepcional.

Durante las horas siguientes, me levanté del sofá o dejé de comer o de hacer cosas en los horarios de paseo. Su ausencia en la rutina de mi cuerpo evidenciaba que mi cuerpo tenía una.

En los últimos dos años, Mara dormía casi todo el tiempo, unos ronquidos que excedían el tamaño de una Schnauzer miniatura; la despertaba y al trote. No podía alzar la cabeza, se pegaba a las paredes, le daba de comer de mi mano dos veces al día.

Mi amor no era incondicional, no estaba ligado al sometimiento. Una devoción nacida de la alegría.

En Buenos Aires conoció las estaciones: si llovía o había viento, se anclaba en la vereda (yo pensaba: uy, está sucedida), sin dar un paso más.

No en su plato que todavía tenía comida y agua, ni en la correa que todavía cargaba bolsas pequeñas, ni en el sonido imaginado de sus patas recorriendo la cocina, ni en los rincones donde solía acostarla, cerca de la calefacción en invierno o debajo de una ventana abierta en verano.

En la ducha, toda yo olía acre, dejé correr el chorro en mi espalda, aquí la bañé, ella descansaba en mis brazos o en las losetas, deseaba llorar y que mis lágrimas fluyeran con el agua caliente. Pero no podía. Me sentía extrañamente bien, sin angustia. Ana me dijo: No te adelantes al dolor que esperás sentir.

Con los perros solo hay recuerdos felices. Eso dijo Alicia.

Mara estuvo. Desde mis veintiocho hasta mis cuarenta y tres. Por ella, varios amigos adoptaron perros.

Mi madre la cuidaba cuando yo viajaba. Mara se subía a la silla de mi padre.

Me acompañó a las tres casas a las que me mudé y a la definitiva.

Dormía contra mi espalda.

No quería a las mismas personas que yo no quería.

Conoció a mis amores y al definitivo.

Viajó en la bodega del avión. En el control del aeropuerto, el empleado del SENASA:

Tiene más papeles que tú.

Tanto miedo de que no la dejaran entrar a la Argentina que contraté a una empresa para tramitar las certificaciones. Mentí, dije que tenía doce años. El electrocardiograma resultó como el de una perra de esa edad.

Alicia me dijo que si bien ahora no tendría ganas ni fuerzas para tener otra mascota, algún día reconocería a Mara en los ojos de otro perro. Y vos no podés afirmar que nunca más vas a tener otro animal, sería no rendirle homenaje a la vida de Mara.

Yo no tenía ningún deseo de suplirla.

Regadas en el parque Centenario, sus cenizas volvieron a la tierra.

Las veces anteriores y ahora, la muerte en el estómago. Un poco más abajo, a la altura del vientre. Ahí encaja, no en la cabeza. La muerte es uterina. En mi lengua materna, la muerte es femenina y es masculina en otro idioma que conozco, el alemán: Der Tod. Duele como un cólico menstrual. También es natalicia, sale del ombligo como una raíz y se irradia.

No podía ponerlos al mismo nivel pero sucedía.

Los huesos de mis padres y los de Mara iban formando un esqueleto nuevo, una misma osamenta, la estructura de mi memoria afectiva.

Frente a Magaly, la casa del ministro del Interior del primer gobierno de Alan García.

La fachada de Magaly conserva los orificios de las balas perdidas.

No han sido recubiertos de yeso ni repintados, como una casona histórica bombardeada cuya memoria es necesario preservar. Es la casa de una señora de clase media que crio cinco hijos propios y se ocupó de dos hijas ajenas en 1986.

¿Qué tanto la recuerdas? No lo hizo gratis, dijo mi madre. Y a mí me pareció bien que no lo hubiera hecho gratis.

Cinco veces, los francotiradores de Agustín Mantilla encañonaron el Escarabajo de mi padre. Los ojos de las metralletas ingresaban por las lunas:

¿No ven que están mis hijas?

¿A dónde va?

Las estoy llevando al colegio.

Circule, circule, oiga.

Una parte de mí entendía. No iban a matarnos a propósito, pero los disparos al aire podrían matarnos por error.

Las balas expansivas se usan contra una presa de gran tamaño para mantener su cuerpo íntegro. La fachada agujereada de Magaly, intacta a primera vista. Nunca una bala está perdida, acierta en algún blanco inesperado, impensado.

Conozco a personas dolidas porque sus padres nunca las vieron.

A mí me vieron.

Esta mirada, desde una distorsión: la imagen que proyectaban de sí mismos en mis propios ojos.

Para mi padre yo anunciaba el reemplazo del hijo, el último intento de tener otro niño. Tú ibas a ser Alberto, me dijo. Betito. Como él. Como el muerto. Permanecer a través de la repetición terca de un nombre.

Mi madre tenía entonces treinta y ocho. Él, cuarenta y cinco. Apostó durante todo el embarazo que yo sería niño. Tenía fama de tacaño pero invirtió contra tías y tíos —Luchita tiene panza en punta, es niño, te apuesto lo que quieras, es niño—, y contra el propio obstetra.

El primer ecógrafo portátil llegó a la Maternidad de Lima en 1978, un año más tarde.

Se sorprendió de haber fallado en el pronóstico o en el deseo.

Mi nacimiento abolió el lenguaje del hijo.

Mientras crecí, se alegraba si advertía alguna actitud que él considerase masculina: jugar con carritos o ayudarlo a cambiar los plomos.

Ella vivía enojada con él. Yo me le parecía, cada vez más.

La proporción angulosa, afilada. Eres igual a tu padre, lo escuché desde muy chica.

Yo estaba orgullosa. De la curiosidad. De las ganas de vivir. De su risa. De los dientes trajinados. De sus equívocos. Estaba haciendo, buscaba cómo solucionar. Mi madre también hacía muchísimas cosas.

Seres rabiosos. No se decían lisuras. Se decían cosas tan hirientes que yo no esperaba que pudieran volver. Se apuntaban con la lumbre de sus cigarros. El fuego escalaba rápido.

Ella:

Por algo se te murió un hijo.

Él:

Todos los vecinos saben qué te vas a hacer cuando regresas tarde.

Tras el incendio, la rabia menguaba, satisfechos de haberla vaciado.

A partir de mis cinco años, comencé a defenderme. Me subí a una silla y descolgué la foto de su boda civil.

Ella. Conjunto ceñido de dos piezas en tono crema y un ramo de diminutas rosas blancas que sostiene con ambas manos y que apuntan al piso, escucha seria.

Él. Bigote recortado, apenas una línea negra sobre el labio, apenas sonriente (¿una mueca?), con un terno negro, ha girado la cabeza y su oreja izquierda, atentísima.

La punta de una mesa vestida con mantel blanco y un centro de flores fuera de foco. El juez no está en el plano.

Tensión, incomodidad, desencantamiento. Lo supe entonces y lo sé hoy: es la foto de un divorcio.

Me puse en medio de ambos sosteniendo la imagen y los gritos cesaron. Creían ser discretos, que discutían aparte, que nos preservaban del enojo de ser ellos. Mi gesto los calmó.

El primer recurso, cuando aún no tenía palabras, la fotografía, la persuasión de fogueo, detener la guerra, al menos, postergarla.

Poco tiempo después, no recuerdo quién de los dos, me arrancó la foto y rompió la luna contra una rodilla. Yo miré los vidrios en el piso y pensé: así me siento.

Ella: Maricón.

Hasta el final de sus días, separados y viviendo en casas diferentes, supieron cómo retornar de las afrentas más espantosas.

Él: Chiflada.

Nunca como si no hubiera pasado nada.

Les pasaba de todo, la fuerza era desbordante, acumulativa. Escindidos de una manera que desde muy chica presentí insalvable.

Mundos de displacer y de tristeza: los cigarros, los cafés, los tránsitos, los fracasos de los matrimonios anteriores y el del presente, los trabajos extenuantes, las demandas de dos hijas, los fantasmas del hijo muerto y del hijo ido, los besos de buenos días y de buenas noches.

También es cierto que cuando reían, cómo.

Las risas de los fumadores se calcan, son gorjeos, son voces graves y espesas, sin género.

Yo me aferraba a esta alegría, la vampirizaba, me acompañaba a dormir, inauguraba la mañana, la estiraba, un chicle infinito, cruzaba la puerta del colegio en espíritu de tregua, durante las clases conseguía olvidar, incluso: hoy todo será diferente.

A los cuatro años.

Puede ser que haya sido antes.

Cuatro es lo que recuerdo.

Mi madre ocultaba los juguetes en la parte superior del armario de nuestra habitación. Con mi hermana, apenas un año y diez meses más grande, no podíamos alcanzarlos. Arrastramos tres sillas, me trepé, quería tocarlos, y caí.

Con los juguetes.

La puerta de la granjita, muuu, y la máquina registradora con su lengua de monedas, azul, roja y amarilla.

Y un paquete sellado, no lo teníamos visto. Detrás del celofán, la portada de unas grúas y volquetes con la caja levantada, avanzando sobre un suelo de tierra.

El ruido los despertó. Era sábado. Iríamos a la fiesta de Navidad del trabajo de mi madre. Tantos días esperándola, solo podíamos hablar de esa fiesta, los payasos, los globos, la tarima, los anuncios, los regalos, los trajecitos pares.

Entró corriendo, la mano en alto, abierta, hacia mí.

Imposible que hubiera sido Vanessa o las dos.

Lloré arrinconada y acuclillada, a escondidas, en silencio, con una hondura nueva y desconocida.

El llanto infantil ocurre en tiempo presente. Dolor por lo que está ocurriendo o acaba de pasar.

Yo no tenía cómo saber que lloraba también en futuro, por todas las repeticiones que habrían de darse en esta casa.

El llanto adulto es por rebalse, se rejunta un pasado que eclosiona.

Mi madre lloraba mucho, le temblaba la barbilla. Yo solo quería abrazarla, acunarla, darle algún consuelo. Mi padre, nunca. Pero sus lagrimales lo develaban, los ojos color arena, color pulpa de granadilla, se empañaban. Dulce y triste, esta fruta no empalaga.

Él llegó tarde. Sin ayudar. Tampoco logró interceder para que nos dejase ir a la fiesta. Mi cuerpo y el día entero, castigados. Nos quedamos con Vanessa confinadas en la habitación. Antes de salir, mi madre devolvió los juguetes y las sillas a su sitio.

Mucho tiempo después nos enteramos de que la caja de mecanos era de 1969. Un regalo que su hijo recibió a los nueve años y que no le permitió abrir.

No la desenvolvimos, la hemos dejado así, embalsamada.

Cajas similares se venden a buen precio en Mercado Libre, valen mucho más selladas. Qué valor tiene esta caja, si nadie nunca levantó casas de barro con los volquetes, si no hay memoria de una infancia construida con ella.

Descubrí el patrón familiar, la madre de todas las repeticiones: la postergación indefinida de los placeres.

Ella compraba cosas que jamás usaría o incombinables. Nos regalaba cosas sin autorizarnos a usarlas. Se contradecía: Mejor disfrutar de todo en vida, si te mueres no te llevas nada.

Mi padre tenía por ley no ir al doctor, nunca lo vi cerca de una jeringa, ni siquiera las vacunas, no le pude encontrar las pequeñas cicatrices en los brazos. Decretó que nunca se enfermaba, nada de gripe ni dolor de estómago. O que podía curarse solo. Al igual que con las cosas, una reparación incompleta.

Solo con la comida el placer era inmediato.

Soñaban con el pan francés con mantequilla y los pasteles rellenos de crema pastelera, salpicados de chantilly, de la panadería de la esquina de casa.

Ambos cocinaban y lo disfrutaban.

Respeto por los horarios. Poner la mesa. Cada quien ocupando su puesto imposible de intercambiar. Cuatro sillas. Desayuno, almuerzo, lonche y cena. El buen ritual, ajos, cebollas moradas, culantro, ají, pimientos verde y rojo, yo entraba en silencio a la cocina a través de la puerta vaivén, me dejaban probar un pedacito de pollo saltado, cucharear el arroz. ¿Rico? Riquísimo. Qué bueno, porque ya va a estar.

En sus períodos maniacos, mi madre forraba la cocina con hojas viejas de periódico, no quiero que se embarre todo de aceite, estoy harta de pasarme el día limpiando; solo podíamos usar una hornilla, la elegida por ella, que dejaba descubierta, reabriendo el miedo al fuego, la amenaza de incendio al menor descuido.

En la cocina esperando el almuerzo, preguntó:

¿Alguien vio mi encendedor? No lo encuentro por ningún lado.

Un cigarro pendía de sus dedos. ¿Dónde carajos está? Arrodillados, buscamos detrás de la refrigeradora y del lavadero. Lo conducía apagado a sus labios cuando escuchamos el estallido. Tronó contra la puerta del horno rajando el vidrio. Se le había caído entre las rejillas al encenderlo.

Nos unía comer, el aferramiento a la vida en el apetito.

Algo a la boca, una celebración, nos dábamos cuenta de nuestro privilegio. En la sobremesa: Qué bueno que hoy pudimos almorzar carne, con lo cara que está.

Pocas veces comíamos frente al televisor. Nunca telenovelas, no tenían tiempo ni interés.

En el programa cómico *Risas y salsa*, el único de los sábados a las nueve de la noche, un padre llegaba contento a casa anunciándole a toda la familia:

¡Hoy hay carne!

Aplaudían. Y con aspaviento y sin decir nada más, les mostraba un filete, abanicándolo a la altura de sus narices. Lo olían uno a uno y suspiraban, salivando, mostrando los dientes. ¡Listo!, qué bueno que alcanzó para todos, decía el padre, y se lo llevaba.

Ja, ja, ja, ja, entraban las risas grabadas, jua, jua, jua, mientras los comensales imaginarios se lamentaban y comenzaban a pelearse. Nos parecía gracioso. Se nos mostraba un hambre crudo, normalizado, de jauría.

Un país que lloraba y se reía de su hambre. La cólera en el país del cólera.

Todos los segmentos del programa terminaban a los golpes. El grandote le pegaba al enano y el enano al borracho y las mujeres se jalaban de los pelos y se borroneaban el lápiz de labio. En efecto dominó, las paredes y los techos de utilería se venían abajo. Junto con las risas, el aplastamiento y los golpes, el fondo musical de salsa, una y otra vez, practicando su título.

El final repetido, en apariencia no guionado, sí formaba parte del plan de grabación. Tener renombre de potencia gastronómica y no alimentarse igual. Como en este programa que salió del aire a fines de los noventa, alguien siempre sacude un bistec frente a otro que no podrá comerlo.

Las secuencias de los programas cómicos actuales también terminan a la cachetada y al puñete, tras un diálogo que nunca puede sostenerse hasta el final o es paródico, con la escenografía cayendo por un terremoto que no se sabe quién inicia.

Incluso cuando aparece en una secuencia el querido personaje disfrazado de pollo —es la proteína más consumida a nivel nacional, en el formato a la brasa— solo es para pegarle a otro pollo. Si visitas uno de estos locales, verás un peluche gigante, alto y amarillo, rodeado de niños sacándose fotos. O quizás esté sentado frente a un plato de comida, un pollo con papas fritas. Tomará una presa y fingirá morderla, en excepcional canibalismo.

Durante la pandemia que comenzó en 2020, el pollo disfrazado dejó de pelearse.

Los avicultores anunciaron que lo casarían con su otra mitad, la papa.

Los noticieros informaban que —en plena crisis sanitaria— creció la importación de papa procesada para los restaurantes, en vez de comprarla fresca a los productores locales.

El tubérculo sagrado dio el sí. Se abrazaron uniendo pico con boca delante de la puerta de un camión repartidor. La ceremonia fue pública y la televisión dio cuenta del enlace.

En los noventa, luego de servirnos el almuerzo, antes de que tocáramos el plato, mi madre se persignaba:

Gracias a mis tres Albertos por esta comida.

Los otros dos eran el presidente Alberto Fujimori y el alcalde de Lima: Alberto Andrade.

Renegamos de la dictadura fujimorista. Y de la paterna.

Mi búsqueda del tesoro: despegarlos de los postes, del revés de las carpetas, de los recodos, de las patas de las sillas, de las esquinas de las mesas, de la arena, chuparlos y morderlos. ¿No te da asco? No.

Les devuelvo la esencia, les recupero la textura de goma, el soplo a uva, a plátano, a piña, a fresa.

Mi viaje al sabor inverso, los chicles, los regalos que otros abandonan a medio usar, nunca tan corroídos, incoloros ni insípidos que no puedan resucitar en mi boca.

Al fondo de la refrigeradora, en un pote con agua, los mantengo remojados. Sostienen las mordidas de otros. Moldes rosados y violetas de odontología que fosforescen invertebrados en su éter mágico. Mi colección de medusas comestibles flota sin pegotearse. Escojo uno al azar. Si puedo inflarlo y reventarlo contra mi cara, el rescate ha funcionado.

¿Qué quieres para tu cumpleaños?

Ya dije.

¿Chicles?

Sí.

¿No te cansas de pedir chicles?

No.

Tengo un medio hermano.

Mitad hermano está en mi sangre y la otra mitad no sé dónde y si está.

Vivió con nosotros hasta mis nueve y sus veinticuatro.

Partió a buscar los restos del padre italiano y se quedó allá, no volvió.

O sí volvió. En temporadas, como las series.

Recuperaba un cuarto que ya no era el suyo sino el de mi padre. Volvía a una ciudad que no fue nunca la suya. Ha ido perdiendo el idioma materno, el castellano. El idioma paterno es ahora, por fin, su idioma. Sus correos, escritos entre dos lenguas que pugnan. Tengo que desbrozar el eterno malentendido, eso también lo hemos heredado.

Si nuestros recuerdos se evocan, me enseñó a dibujar, me travistió con sus camisas y me sacó fotos posando bajo las cucardas de la casa de enfrente, retengo esas líneas cariñosas y las dosifico. Destellos que me permiten insistir en una hermandad futura.

Lo volví a ver a mis quince, me invitó de viaje a Disneylandia, nos divertimos.

Nos reclama su lugar de hermano mayor. Lo traduzco: Soy el hijo, el primogénito de mamá, él único antes de que llegaran ustedes y yo me desterrara.

Para mi cumpleaños número seis,
sigue cayendo en verano,
mi hermano pintó y recortó,
en último gesto de hermano mayor,
figuras de cartulina de mi dibujo animado favorito,
el Pájaro Carpintero,
las pegó en las paredes en colores fuertes
y coronó la torta con un pequeño tronco de mazapán.
Pero era verano y ningún niño fue.
No teníamos teléfono, habían recibido un papelito
con la invitación el último día de clases,
hacía dos meses.
Yo misma lo habría olvidado.
Cómo saber si en abril hubieran ido.
Entonces mi madre tocó las puertas de los vecinos, esos
niños con los que cualquier otro día no me dejaba jugar.
Todavía desconfiados cruzaron la pista,
ella los esperaba,
una santa al fondo de una iglesia.
Inciertos, silenciosos,
en posesión de nuestro miedo,
yo con un vestido blanco, tal vez rojo,
describiendo con los dedos el número seis.
Ese mismo verano, durante el carnaval,
me permitieron ser ellos,
nos escondimos
detrás del muro de mi casa y contamos los segundos y
contamos,
y cuando mi madre por fin salió inalcanzable
a repasar su reino sin fronteras,
su vida de nuevo,
le arrojamos globos con sal y nos reímos
hasta dolernos la panza,
después nos separamos,
vecinos y opuestos.

Hubiera querido que mi hermano esté en el matrimonio. Si en algo lo alivia, tampoco aparezco en la foto.

Conseguí unos pétalos rojo vino que explotaban desde unos tubos y me quedé afuera de la iglesia esperando lanzarlos.

La boda de mi hermana. Un triunfo nuestro. Se iría por fin de la casa materna, siete años después que yo.

Dos peluqueras amigas del trabajo vinieron a peinarnos.

Mi padre se dejó teñir con corcho el pelo y el bigote. Con una calvicie avanzada, se quemó el cuero cabelludo, lo raparon y quedó irreconocible para él mismo, la cara chupada y los ojos lelos de un carnero recién trasquilado.

Mi madre dijo me voy a tomar un sorbito de agua de azahar porque estoy muy nerviosa y con disimulo se embuchó también un ansiolítico y un antidepresivo.

Mientras le quitaban los ruleros y atestiguaba los rizos rubios siendo fijados por la laca, paladeaba su belleza frente al espejo. Glorificaba nuestros atributos, pero no hablaba de nosotras. Yo las eduqué. Presumía su coronación. Por mí son como son.

Mi hermana y yo nos vestimos apuradas.

Escuché a mi madre llamándome con un hilo de voz.

Sentada al borde de la cama matrimonial en la que solo ella dormía, ya trajeada, maquillada y peinada, con una peluquera en cada mano. Miré a Laura y a Milagros y se alzaron de hombros.

Dijo:

Me desmayo.

Blancanieves. Hada madrina. Reina Malvada.

Me voy a desmayar.

Vaporosa, lívida y llena de gracia, fue cayendo suavemente, envenenada. Vomitó las píldoras completas sobre su pelo y parte del vestido. Un tufo sutil inundó la cama.

Mi padre la vio:

Siempre se ha desmayado a voluntad.

El novio, tres horas en esmoquin y una sudando frente al altar, mirando de reojo a los invitados y al portón, cada vez más convencido de que mi hermana se arrepentía.

El coro estuvo mucho rato afinando voces e instrumentos.

El sedán no pudo esperarnos más —yo salía a decirle cada diez minutos: Disculpe, señor, ya estamos yendo— y mi padre nos condujo en el Escarabajo.

Vamos por los costados, susurré, es tardísimo. El sacerdote golpeteaba su reloj, cancelaría en cualquier momento.

Ni hablar. Yo estoy pagando por esto. Permiso.

Avanzó por la alfombra roja al medio de la iglesia, taconeo y taconeo, hasta obtener su ubicación en la primera fila. Tú vas detrás mío, por si me vuelvo a caer. Saludaba sonriente:

Me he desmayado, ¿puedes creerlo?

La marcha nupcial fue para ella.

A pedido de mi hermana, cuando el sacerdote llamó a un voluntario para la Primera Lectura, me ofrecí. De chicas siempre a misa, nos elegían para la Primera y la Segunda Lectura. Me tocó el Apocalipsis.

No supe que las fotos familiares se tomarían bajo el púlpito, con el fondo del Cristo crucificado.

Sin demorarme, continuaban adentro los recién casados, corrí con los tubos afuera de la iglesia, a la fuente adonde irían a recibir los aplausos. Los repartí entre los primos más pequeños. ¡Disparen! Los pétalos tardaron en salir y otros se atascaron. No tenía dinero, los compré a precio de saldo. El fotógrafo, en vez de capturarlos en revoloteo, registró una secuencia de pétalos yacientes y mojados tiñendo el cemento de rojo.

Mi hermano tiene que saber que la fiesta. Ay. La fiesta.

Canceló las luces psicodélicas y ordenó que no bajáramos la iluminación. Ni se les ocurra, parece una discoteca y no me gusta. Bailamos bajo luces frías a toda potencia, lámparas cialíticas de una sala de operaciones. Asistía a su propio matrimonio.

Vanessa quería que la familia de mi padre estuviera. Tuvimos un primer acercamiento unas semanas antes. Nos invitaron a comer árabe a su casa, nos recibieron con alegría. No hubo peleas. Los once hermanos dejaron de verse cuando murieron sus padres. Seis hermanos perdieron la vida en accidentes: achicharrada de sol, amputado por el tranvía, caído de las manos de la partera… Ninguno fue. Su mesa esperó toda la noche, vestida de gala. La vi mirarla de reojo y tratar de no mirarla.

Reencuentros, alcohol, pollo y pavo, flashes, arroz, parientes saciados y nada importa. La desmayada y el teñido brindaban sin tomar, las copas efervescentes, rebalsándose. Mi hermana y mi cuñado saltaban, los amigos los perseguían para lanzarlos por los aires.

El disc-jockey no calculó la carga eléctrica. Olor a chamuscado. La música se cortó, un parpadeo, un zumbido y todos a ciegas.

Volvimos a las mesas a seguir comiendo, alumbrados por nuestros celulares apoyados contra las copas, con una resignación sin tragedia. La luz no volvió.

Salimos borrachos dos horas más tarde, nos despedían, lamentamos informarles que ha llegado la hora, terminó el contrato, cantando a voz en cuello.

Esa noche, una de las más divertidas, había tenido lugar, de principio a fin, pese a nosotros.

Mi madre era alérgica a la penicilina y a los langostinos. Lo descubrió intoxicándose con ambos. El mismo día.

Pasó mucho antes de que ustedes nacieran. No corregían la versión del otro, la contaban más o menos igual, una rareza.

Almorzaron en una cevichería cerca de su casa, no habían ni terminado de comer y se puso rígida, distintos tonos de rojo-camarón sombrearon su cara, calambres en la lengua y el paladar. Mi padre voló en el Escarabajo a la farmacia más cercana, le aplicaron una inyección, con esto se recuperará. Dieron unos pasos a la salida.

Se moría en la vereda, los ojos hacia atrás, el pulso atónito.

Destellos anaranjados, verdes, azules, violetas, su piel pasaba de la lividez a concentrar todos los colores. Desvanecida, mi padre arrodillado junto a ella, dándole golpecitos en la cara y en las manos. Luchita. La basta del vestido, copiado de una revista de modas de la peluquería y diseñado a la medida por el sastre del barrio, aleteando y dejando ver parte de sus muslos. Luchita, mi amor. El vestido simplísimo, blanco, ceñido. No se le movía un pelo de tanto fijador. ¿Era verano, papá? Claro, verano. Su madre estaba muy bronceada. Sí, corrobora, yo estaba guapísima, como siempre. Los rodearon vecinos curiosos. ¿Qué le pasa? Es pre-cio-sa, salida de una película. ¿Le está pidiendo perdón? El rumor crecía entre las protestas, la desesperación y el misterio. ¿Le pidió matrimonio y se desmayó? Mi padre no decía nada, no escuchaba nada, atontado de miedo, cercado por la muerte y las lejanísimas palabras, un espanto rígido y vertiginoso, repetido. Todo se precipitó, diez minutos atrás se reían, se peleaban, brindaban y comían.

El murmullo despertó al dueño, un químico farmacéutico que vivía en el segundo piso de la farmacia y que dormía la siesta. Se asomó a la ventana, corrió escaleras abajo y saltó detrás del mostrador y desapareció. Me puso una inyección directo al corazón. Una aguja para caballos, descomunal. Sí, asentía mi padre, directo al corazón.

Y sus voces aún se reservaban cierta incredulidad, vestigios de una sobrevivencia de la que habían aprendido algo, una particular forma narrativa, casi extraña en ellos, desdramatizada, desde la mutua contingencia, sin exagerarla, con la presunción de que era verdad, sí ocurrió de esta manera.

Ahora lo escribo y lo entiendo con una claridad que surge en las sombras. Él honró su segundo nombre.

Todo comenzó con un almuerzo.

Algo me cayó mal y contaminó mi cuerpo y mi vida y tardamos demasiado en descubrir qué.

Hay una foto: estoy rodeada de chicos de mi edad, en la chacra, todos sonríen. Yo no. En la cara y en las manos, el color lavado de mi chompa, verde agua, estoy sin estar, con la lividez de lo muerto.

Me le enfermé.

En el salón de clases dibujaba fetos con tiza en la pizarra. Y paseaba por el patio y los pasillos con los ojos vacíos, anulando el timbre del llamado a clase. Se rumoreaba sobre mi insania.

Le decían a Vanessa: Tu hermana se ha vuelto loca.

Ella me vio con sus ojos, la pasé de largo, la atravesé sin mirarla.

Durante medio año, mi madre me arrastró consigo, movida por la fe, a la iglesia, al Mahikari, a los evangélicos, a una sesión de brujería, a mi pediatra, a los hemogramas.

Mal diagnosticaron meningitis. Amoxicilina de 500 miligramos cada dos horas. Día por medio entregaba el brazo sin reticencias, la aguja removiendo la vena esquiva, los pinchazos y la sangre sin brotar, y cuando salía, pesada y floja, intentemos ahora en el otro brazo, les perdí el miedo a las inyecciones de una vez. Seis de hemoglobina.

Yo era la única menor. Todos desnudos y tiritantes, mirando al frente con alguna dignidad, el brujo nos escupió agua florida. A un par les dijo dónde estaba enterrada la herencia. A otro:

No vayas a llorar, eh. Dice tu hermana que está bien y que te cuida.

Pidió que dejara las pastillas y tomase un brebaje mañana, tarde y noche. Raíces amargas que traían vómito. Habría acatado cualquier orden con tal de curarme, la conmiseración desesperada y adulta.

Llegamos tarde a la sesión, el Escarabajo tenía una llanta en el suelo, nos bajamos y mi padre la cambió. Mireya, mi madrina, sentada a mi lado en el asiento de atrás, me convidaba Chizitos.

Recuerdo a Mireya y a mis parientes saludarme con despedidas, los susurros en el marco de la puerta.

Daba vueltas alrededor de la mesa de la sala esperándola, la alfombra roja decolorándose, tocaba el respaldar de cada silla. Y recomenzar. Vueltas. Alfombra. Sala. Madre.

Ya solo camina en círculos, le decían.

A veces me llevaba al trabajo. Era secretaria de gerencia en el Banco Minero del Perú.

Me sentaba en la antesala de la oficina del gerente.

La veía sumida en órdenes y apuntes a mano veloz, los rulos rubios de la permanente se sacudían y volvían a su lugar. Fumaba en el trabajo con esa clase tan suya, tan altanera. No la manera de inhalar, sino cómo el humo resurgía de sus labios. En redondel. Los jefes le guiñaban un ojo, las otras secretarias la visitaban, la miraban un segundo de más. Seguía reconcentrada en sus anotaciones crípticas, el idioma secreto de la taquigrafía, si bostezaba al teléfono, yo le digo, le digo, claro está, apenas vuelva de la reunión, claro que sí, invadía de signos las hojas vacías. Los teléfonos en su agenda, en vez de nombres, signos; nos traía a casa estos cuadernos rayados como pentagramas.

Yo andaba en círculos, sobre el porcelanato rojo de banco o mausoleo, a pisar lo andado, marcar y desmarcar, me sentía más cerca y más lejos de ella y de mí.

Miraba hacia el centro de Lima, al parque de la Exposición. Me había contado que durante el terremoto del 74 reventó los ventanales con la silla de su escritorio. Sus jefes gritándole loca, detente. Evitó la implosión. Si los vidrios hubieran estallado hacia dentro, los daños habrían sido mayores.

Círculos sobre el porcelanato rojo de banco o mausoleo, marcar y desmarcar, más cerca, más lejos.

Y de pronto, su mirada azul. Me sonreía. Decía mi nombre. Aplastaba el cigarro contra el cenicero, una chispa anaranjada:

Vámonos.

Recuerdo al pediatra decir:

No puede volverse autista, no así, de repente.

Me bamboleaba sin hablar. Adelante y atrás. Un estado de repeticiones y silencios, la impresión de estar muerta para el resto y viva dentro de mí, hacer y decir, impunemente.

Recuerdo a mi padre cargándome en peso de la cama, la debilidad, solo dormía. Dijo: ¿No le habrá picado la mosca tse-tsé?

Flaca y alta, el deterioro se notaba en los nudos de las rodillas, poco músculo, más hueso, cuarenta y cinco kilos.

Alguien dijo: ¿Fueron al Instituto de Enfermedades Tropicales?

Por primera vez me hicieron análisis de heces y no de sangre.

Recuerdo a mi madre rogándole a la monja alemana:

¿Cómo puede perder el año si no es por malas notas, sino porque tiene la hemoglobina como la tiene?

Me llevó, debía poner el cuerpo, por si faltaba evidencia, yo, un bulto, la mirada toda boba en el uniforme lánguido.

Y la monja, apenas viéndome, colmada de erres:
¿Cómo se llama la enferrrmedad de la niña?
Agotamiento psicofísico, dijo mi madre.
Hacer de nuevo primero de secundaria. No contaría
en mi récord de estudios como una repetición. No contar:
salirse de la cuenta. Yo no encajaba en esa promoción,
no entendía a mis compañeras, ni ellas a mí. La certeza
horrible de no ser querida. Lo que se repetía era mi deseo
de sustraerme, de no ser parte del conjunto.

Coleccionábamos las envolturas de los chocolates
importados imposibles,
lamíamos los restos a escondidas, las estirábamos y
mostrábamos en un álbum,
como si fueran familia.
Yo tenía un álbum y lo cuidaba,
pasaba las páginas y olía.
En el recreo intercambiábamos, los aromas cedían
de una mano a otra
y se quedaban un rato en ellas
oliendo a otro país.
Recuerdo tu nombre, Patricia.
Cantas en un grupo de rock, en tus letras
amas los cuerpos de todos.
Por ti asistí a una primera emboscada.
Tu abrazo por la espalda: Te he cambiado por un chocolate, me pidieron que dejara de ser tu amiga.
Sé el truco
para no desear el chocolate:
Lávate los dientes y huélelo hondo,
te dará un asco.
Me como el chocolate entero, Patricia.
A disfrutar se aprende.

Si todavía eres la misma, me empalago, retengo la náusea.

El primer diagnóstico fallido, el exceso de medicamentos y de muestras de sangre, el tratamiento adulto de la enfermedad, los adioses sigilosos trajeron una palabra.
Depresión.
El día en que me enfermé, luego del almuerzo preparado por mi madre, fuimos a misa, recostada contra su pecho, me dormí. Desperté por sobresalto. El párroco al micrófono:
¿Ven a esta niña? Así protegió María a Jesús contra su pecho, con ternura infinita.
Y yo pensé: esta mujer que toman de ejemplo es capaz de mandarme al cielo o al infierno, una palabra suya bastará para salvarme.
Vi al hombre muerto en la cruz y a la paloma sobre su cabeza. Quise salir volando, como la cría de un ave nidífuga nace lista para irse.
En mi lado de la barrera circular, donde anidaba la separación, le gravitaba a mi madre.

La noche del 31 de diciembre partimos a las nueve al Circolo Sportivo Italiano. En la Station Wagon blanca de mi madre cabíamos todos. La única fecha en que la cancha de fútbol se convertía en estacionamiento, el parqueo del club no se daba abasto. La única fecha en que el club se volvía un hotel, podíamos dormir en las instalaciones. La parquearon en el césped, entre los arcos, como en un autocine.

La mesa en el restaurante, pegada a la orquesta, cenamos y apenas la música se acelera, mi madre se levanta.

Sola, con mi padre, con amigas, con nosotras.

En ronda.

Una canción persigue a otra, si le duelen los pies, salta descalza, se ampolla en el piso recién encerado, su desvergüenza divierte y abochorna, sacude los hombros, eleva los brazos al cielo y risa.

Su risa de labios rojos inicia el verano.

Diez. Nueve. Ocho. Qué fantástica fantástica esta fiesta. Siete. Seis. Cinco. Explota explota mi corazón. Cuatro. Tres. Dos. Uno.

¡Feliz Año Nuevo!

Nos besan y abrazan. Perdón, te quemé. El cigarro contra la piel y la pretina. Saludamos a las familias conocidas, hijita, cómo pasa el tiempo, pero qué linda estás, cómo has crecido.

Arranca a los aburridos de sus sillas, no, de ninguna manera, los apresa de la cintura, oye, abre los ojos, mira hacia arriba y disfruta las cosas buenas que tiene la vida, los obliga a formar ochos entre las mesas.

Bailamos un buen rato y, apenas podemos, fugamos con los de nuestra edad.

Entre los carros a exhibir los tesoros.

Tenemos cohetes, pólvora, pero no encendedor.

Nos infiltramos en la fiesta, ya no somos hijos, somos merodeadores esperando la oportunidad, robamos uno de la mesa distraída.

Hacerlos arder en la cancha de frontón, dispararlos a las estrellas, huir a campo traviesa, seguros de que volaremos en mil pedazos. Los chicos delante de nosotras:

¿Quieren ver?

A ver.

Creemos que se van a bajar el pantalón. Sacan de sus bolsillos cigarros aplastados y torcidos, fuman por primera vez, bocarriba a la Luna, el humo asciende. Ninguno tiene la elegancia de mi madre, sus dedos, un malabar sublime, las cenizas no caen, se deslizan. Ellos, en cambio, parecen ser fumados por los cigarros.

Inventamos constelaciones o que las sabemos. Señalo las Tres Marías (la abuela llama así a las tres nietas de la tía Enny), la única parte del Cinturón de Orión que reconozco.

El pasto nos soporta, a nuestras risas y persecuciones, pueden ser agresivos, odiosos, débiles, no esta noche. Ser astronautas, saltar en la Luna, un gran paso para mi humanidad, no me atrevo.

Carla se besa con Renzo, lo sabía, estamos al ras, sus bocas, sus lenguas, sus dientes, hace una semana, jugando a la botella borracha, frente a todos: No, ¿estás loco?, qué asco. Le hago señas a mi hermana, ella sin mirar, perdida en otros pensamientos, y las palmas explorando el césped húmedo, el rocío, lo fragante.

A las dos o tres de la madrugada, el sueño. Volvemos.

Mi madre sigue zapateando, un botón menos en la blusa, conocí a su papá bailando. Bailábamos en una loseta en el Crillón, ¿te acuerdas? Lo señala, embriagada de sí misma, apenas toma. Mi padre fuma solo, sentado a la mesa, los ojos en mi madre, un botón menos en la camisa, los platos vacíos, islas de cotillón, serpentinas, matracas y lentes de plástico: ¡Feliz 1988!

Les pedimos las llaves de la camioneta.

Bajamos el asiento de atrás, las lunas hasta la mitad, desplegamos sábanas y almohadas, las trajimos de casa, a este ensayo de campamento. Murmuramos en las bolsas de dormir que improvisamos, ¿de verdad estaban chapando?, pregunta, claro que estaban chapando, ¿cómo será chapar?, yo me besé con Franco en la cancha de básquet, no le cuento, rico, un beso en la frente, un beso en la nariz, el tercero en la boca, nuestras lenguas, y me hice la pichi, el líquido bajó caliente por mis piernas y se encharcó, miró dentro de mi polo unos segundos y lo dejé, fuegos artificiales sobre nosotras, pasos cerca de las lunas, un tambor bombea en el pecho el ritmo de los parlantes.

Siguieron de largo, están de amanecida y nos conducen al lugar favorito.

El despertar en movimiento. ¿Dónde? Hacia el futuro. Con los voceos del mar.

En plena carretera, nos desperezamos, legaña y bostezo, retenemos la conversación relajada, los recuerdos de la fiesta, hola, durmieron un montón, buenos días, ahora llegamos, el timón en las manos de mi padre, la línea punteada de la carretera en los lentes de mi madre, vemos sus perfiles, adorándolos.

Es uno de enero, la maletera se abrirá al borde de la arena, la piel en ayunas. Brincar, correr y chapotear.

Se dormirán bajo el sol, roncarán, exploraremos sus caras, les pintaremos rayas de Nivea en la nariz y las mejillas.

Él nos llevará a la orilla, cavará un puente con sus manos como palas y dirá:

Prepárense, ya viene el agua. Y buscaremos sus dedos en el revoltijo de arena.

Ella entrará sola, no me sigan, necesito aunque sea un minuto para mí, ¿puede ser?, bronceada, la ropa de baño negra con escote, los lentes de sol como vincha, sin mojarse un solo pelo, nos saludará de lejos y nos dará la espalda como una estrella inalcanzable, prohibiéndoles a las olas ser olas.

Este es el momento. Este es. Cuando éramos posibles.

La primera playa se llamó La Herradura.

El Escarabajo tomaba la Costa Verde, bordeábamos las paredes de piedra y descendíamos hacia el final de la curva. Tenía restaurantes y una posta de salud. Nos encantaba, sobre todo el final del día, atardecer rosa intenso, carmesí. Cargábamos un bidón, expuesta dentro del auto, el agua ardía.

Las puertas como bastidores, nos tapaban con sus cuerpos y nos bañaban con el vaso descartable de la chicha morada. El calzón de la ropa de baño acumulaba arena. Raspaba. La arena gruesa caía a la pista en bloque. El agua tibia y los dedos señalando: Lávate bien. Todavía tienes. Ahí, detrás de las orejas. Sacarse las sandalias y golpearlas contra el sardinel, subir al carro impecables.

La arena me atañía. Su vida oculta. Excavar con las manos y encontrar machas, palabritas y muy muy. Esos nombres temblorosos, dulcísimos. Cubría mi baldecito con agua de mar y conchas vivas. Las devolvía a la orilla al caer la tarde. Soñaba con tener un acuario, rodearme de océano. Soy de agua salada. Un sábado escondí el balde debajo del asiento de mi padre y lo olvidé. El lunes, la putrefacción, el carro hediondo una semana entera.

Al regreso, la cuesta y el túnel larguísimo. ¡Tócala, tócala! Él apretaba la bocina, insistía, a medio funcionar, y mi madre encendía un cigarro, la lumbre anaranjada a la mitad del túnel.

A veces, una indulgencia: una latita de leche condensada (venían en tamaño personal y con sabor a chocolate, en versión limitada) y galletas de soda. En el asiento trasero, mirando el ocaso a través, disfrutando de la merienda crocante y dulce, el encantamiento también se condensaba.

Llegábamos a casa listas para cenar y dormir. Rodajas de tomate congelado en la frente, los cachetes, la barbilla y el pecho, dormir bocarriba para aliviar la insolación, sin poder cambiar la postura. Antes de mandarnos a jugar, mi madre nos barnizaba con su preparado casero. Lo obtenía licuando zanahorias, un bronceador con betacaroteno y Coca-Cola sin gas.

Esa mañana mi padre estacionó junto a otro Escarabajo, el mismo tono lúcuma, en el único sitio disponible. Bajamos y comparé las placas. La nuestra: GG 3415 (es la única que me sé hasta hoy).

Cuidado, dijo mi padre, no vayas a confundirte que ese tiene el farol roto.

Mi hermana y yo nos lanzamos arena. En los juegos, la temeridad cruel, la cruel temeridad, las leyes se incumplen. En las guerras de arena, ¿cuándo se respeta la única norma: a los ojos nunca? Rebasando la orilla, un niño arrojó una bola húmeda a medio metro de mí, tan cerca, confiada en que iría al cuerpo, mantuve los ojos abiertos. Gritos, las manos a la cara. Mi madre se sacó el aro de matrimonio (no se lo volvió a poner) y rozándolo bajo mis párpados, fue arrastrando la arena con cuidado. ¿Dónde lo aprendió?

Ardor en las córneas, en el pensamiento de la ceguera.

No voy a poder ver nunca más.

Conducida a la posta, guiada por sus brazos, llenaron una jeringa, me lanzaron chorritos de agua a las pupilas. Mi madre abriéndome los ojos con sus dedos. Tienes que mirar. Una irritación supurante de lágrimas saladas, sal distinta, de mar. ¡Mira!

Me pidió que tuviera cuidado con el faro roto. Y me lo quedé viendo. Era la única diferencia ostensible entre los mellizos.

Sacaban fruta picada de unos táper, manzana en cubitos para Vanessa, piña para mí. Con las manos hechas unas pasas y los labios amoratados, comíamos juntos sobre las toallas de sus trabajos: el Banco Minero y el ICPNA. A ella no le gustaba la piña, es demasiado ácida, me pica la garganta. Yo odiaba las manzanas, pálidas por dentro, al poco rato envejecían, me las quedaba mirando envejecer.

Se están bronceado. Como tú, mamá.

Es un proceso y se llama oxidación, dijo mi padre. No afecta para nada su sabor. Tomó un pedazo y lo mordió. Prueba.

No.

¿No qué?

No quiero. Y tomé un trozo de piña. El néctar se resbaló por mi muñeca y lo lamí.

Exprimían las toallas, mi hermana se sacudía los hombros. Ya cambiada, me senté sobre la guantera. Al escuchar mi nombre me deslicé, la sangre comenzó a chorrear desde la palma al antebrazo, gotas rojas en la pista.

¡Te lo dije!

¡¿Cuántas veces te lo tengo que repetir para que entiendas?!

Mi padre corrió con un rollo de papel higiénico. Pero tú no escuchas. Mi madre cubrió la herida, el papel se empapó. Nunca escuchas. Haciendo puño con el rollo entero en la izquierda, otra vez a la posta, salpicaduras contra las mayólicas blancas.

El corte profundo, limpio, imposible de coser, gasas y esparadrapo.

No creí que dejara cicatriz, las palmas tienen demasiadas terminaciones nerviosas.

Secándome las manos hace unas semanas, estiré la piel y la busqué. Una línea blanca de cinco centímetros, cerca de la muñeca. La destenso y prescribe.

Esta misma mano, la primera vez viviendo en Buenos Aires, la metí entre las rejas para acariciar unos perros que sobrevivieron a un incendio.

La casa tomada continuaba quemándose. Llevábamos diez días en apagón general y tres sin agua. Una vela cayó a un colchón y, en instantes, el daño.

Desde mi departamento en un piso cinco, le grité al vecino de la casa colindante, un director de teatro, que sus gatos huían por las cornisas. Los bomberos trabajaban desde el techo de su casa-escenario, yo, con vista total, a su pedido, les indicaba dónde reaparecía el fuego. Explosiones de gas, antorchas violetas y anaranjadas, espirales de humo negro.

Todos lograron salir.

Arrastraban televisores y refrigeradoras empapados a la calle. Convivíamos en una peatonal. Alguien prestó su cochera para encerrar a los perros rescatados, olfateaban nerviosos su jaula nueva. Uno me mordió traspasando la uña del índice.

La única persona en ser atendida en la ambulancia fui yo. Una humillación explicar, víctima solo de mi propia torpeza. Usaron una venda larga, no tenían cortas, la ajustaron en el codo.

Ese día entregaba la tesis en la maestría de escritura creativa, la otra mano, la que no di a los perros, cargaba el texto. Lo hice con la izquierda oculta detrás de la espalda.

Mientras escribo me quemo el índice y el medio. Derecha. Dorso. Tercer grado. Las ampollas me obligan a la pausa.

Dos veces me herí la misma mano en descuidos a propósito.

La primera, ellos vivían, me confundí de auto.

La otra; confundí mi sobrevivencia con la de unos perros. No leí su desconcierto, su ira, su extrañeza, del mismo modo en que no supe leer mi extrañeza, mi ira, mi desconcierto.

El viaje a Buenos Aires, no solo a la escritura sino al duelo.

Se quedaron en Lima, él en mi casa, ella con mi hermana.

Mantenerlos separados, elegimos sin decirlo quién se queda con quién, como pasaron sus últimos años o toda la vida.

Alquilar un bote al inicio del verano, navegar mar adentro, vaciar las cajas a la vez, cada una desde su lado del remo, nunca fueron pacíficos, irán a las aguas del Pacífico. Si el polvo nos circunnavega y se rejuntan antes de hundirse, si un pez abre la boca y se los traga al percibir la vibración.

La costa atlántica argentina es viento.

Las gaviotas planean ladeadas y las colas de los perros también se bifurcan.

La arena asciende, entierra las toallas, empapa la boca, el pecho, los hombros, demarcando un terrenito de sudor y pegoteo. La sombrilla hay que incrustarla de espaldas al mar, hundirla con la palita que trae el balde con que juegan los niños o cavarle un pozo con ambas manos. Su tela zumba como un perro grande empapado al sacudirse, como una maratón de mosquitos.

Se desanclan, se escapan al vuelo y pierden la gracia; los gritos, el correteo apurado, la persecución en la arena ardiente. Quedan arqueadas, inservibles. Frío en la sombra, una sola nube se cierne sobre los bañistas y los invierna, taparse y descubrirse, achicharrarse al sol.

El invento de las semicarpas, paracaídas incompletos, párpados encapotados; van también de perfil.

Jugar paleta es acompañar la pelota en sus indecisiones y desvíos.

Los vendedores de churros, panchos, choclos, chipa, pochoclos. El reino de la che.

Los salvavidas cada cien metros, el silbato al cuello, las olas azulnoche, el amasijo de arena en el horizonte marrón y la bandera advirtiendo a lo lejos, desde las casetas y a través de los médanos, el día de playa está en rojo peligro.

En el Perú decimos: No tengo piso.

En la Argentina: No hago pie.

Ambas acepciones destacan una materialidad en tanto falta, el piso no se tiene, el pie no se hace. Hablan del cuerpo, de su búsqueda, de su urgencia de tocar, de asirse a lo concreto. Ninguna recoge o celebra lo flotante, la oscilación, el mecerse, lo materno que no es incertidumbre sino espera. Las dos informan del miedo, ese miedo primitivo a ahogarse, también maternal, también melancólico, incluso mucho antes de poner un pie en el agua.

Condujo un tanque en el invierno de Alaska, lo entrenaban para la guerra en las condiciones más frías. Soldado paracaidista en el ejército de Estados Unidos, mi padre nos contó:

Allá hay seis meses de luz y seis de oscuridad.

Un ciclo que noté en mi madre.

Medio año, el lapso límite de duración de un estado de ánimo.

Seis meses preciosos y seis pésimos.

Los seis buenos meses, la fase de reencantamiento, me donaban material para la próxima resistencia.

Las estaciones regidas por un mismo clima: la euforia.

En los dibujos animados que veíamos con Vanessa, una mujer se transformaba en bruja cada vez que pasaba debajo de un foco encendido. El cómic giraba sobre las consecuencias, los relieves y las bondades del despiste, ¿cuándo sería buena y cuándo, mala? Foco encendido. Foco apagado. Despojamiento y ambigüedad.

En mi madre el cambio de fase no tenía disparadores.

Simplemente ocurría.

Una madrugada, mientras dormíamos, lanzaba sus cajones al suelo, prendía la aspiradora y arrancaba con la limpieza. Hasta el fondo.

Su revuelo existencial desquiciaba la casa.

Entre la defensiva y la ofensiva, avanzábamos casi en silencio, en nuestra propia película, temiendo que el malentendido o el sobreentendido despertara al monstruo.

Si yo hacía fiebre alta me cargaban directo al agua fría, si mi madre convulsionaba febril, ¿quién podría sostenerla si no ella misma?

El foco que la enloquecía éramos nosotros.

Por matemática. Física. Y química. En Lógica, cosa extraña, me fue bien.

Me soñaba en un colegio libre de números.

Repetí cuarto de secundaria.

Me llegó a sangrar la nariz durante un examen de trigonometría, dirigí las gotas a mi blusa blanca, me soné y ensangrentada le dije a la profesora que no podía darlo. También tuve blefaritis. A clases con el ojo parchado. No voy a dar el examen, sería exigirle demasiado a un solo ojo. Quiero ver la excusa. Sí, aquí está. Yo la acababa de escribir y firmar.

Por mi apellido, la primera de la lista. Como las malas notas iban al final, en este caso, era la última en ser llamada.

Falsificaba la rúbrica de mi madre (dio vuelta a mi colchón y volaron unos veinte exámenes que firmé por ella). Una L enlazada con una S por un rizo. También le imitaba la firma larga. La practicaba en sus cuadernos de taquigrafía, cada vez más obsoletos.

La profesora de matemática me pedía ponerme de pie delante de todo el salón:

Aprendan de ella. Aunque tenga malas notas, siempre las trae firmadas.

Sus halagos me impulsaron a crear un pequeño negocio de falsificación de firmas y de redacción de excusas para no hacer educación física. La más común: mi hija está con la regla y tiene dolor de ovarios. Y de composiciones.

La tarifa estándar: entre un sol y cinco soles. Tuve muchas clientas. Iba a la biblioteca, me documentaba horas y lograba monografías cuyos fragmentos a veces se leían con micrófono en el balcón. Escuchándolas abajo, al final de la fila, quería gritar: ¡Son mías! Las cedí, las palabras valieron poco y nada.

Tan buena imitando la firma de mi madre que mi padre me pidió ayuda para comprarse un televisor en cuotas. Ella le dijo que de ninguna manera firmaría con él, si eres un vago, tremendo ensarte.

Cuando llamaron a casa de la tienda, ya pueden venir a recoger el televisor, me dijo delincuente.

Mi letra copió la suya, sin los vuelos. Ilegible. Un remedo.

Solo una vez le pedí a mi padre una excusa para no hacer educación física. Tocaba salto en potro y taburete. La profesora me preguntó por qué no me estaba cambiando como las demás. Le llevé contenta el cuaderno de tareas.

¿Qué te pongo?, dime, me dijo en la puerta del colegio, recalentando el motor, apurado por partir al trabajo, lo que quieras, papá, tú eres profesor, ¿no?, tú sabes.

A ver si entiendo, dijo la maestra. ¿Cuál de las dos piernas es la que te has roto?, me preguntó alzando una ceja.

Con el atletismo no necesitaba esforzarme.

Corredora nata, de pequeñas y largas distancias.

El entrenamiento diario consistía en leer después del almuerzo, echada bocabajo en la cama con un vaso de leche con Milo, terminar el libro y correr.

Con Vanessa íbamos a la pista del club Tragodara de Pueblo Libre, a la espalda de casa.

Ella, fondista. Yo, 100 metros planos.

Piques, uno detrás de otro.

Algunas casas daban a la cancha de básquet y a la pista, una porción de verde las delimitaba; los vecinos sembraron árboles, arbustos, hiedra. Nadie podaba, regaban a cualquier hora, mañana y tarde, con sol y con neblina, las mangueras entrelazadas como cópulas de serpientes, mucha mala hierba, enredaderas asfixiando las fachadas, voluptuosidad, un olor salvaje. Yo lo reconocía en los jardines y en nuestros cuerpos.

Leía todo lo que caía en mis manos. Las posologías de los remedios (sentada en el inodoro, empujaba con el palo de la escoba las medicinas de mi madre hasta que las cajas resbalaban y repasaba el prospecto adjunto), el menú completo del chifa, las promesas de amarres eternos pegadas a los postes, las revistas evangélicas que nos deslizaban bajo la puerta. Hane, la bibliotecaria del colegio, me prestaba un libro al día, me permitía sacar varios a la semana aunque todavía no hubiera devuelto uno. Hane me formó en el consuelo de leer. En mi peor año del colegio me llamaron al balcón y me entregaron un diploma: Por destacarse en la lectura.

Entre lo contemplativo y la velocidad.

Leer y correr me parecían actividades enfrentadas.

Con el tiempo acepté que una bebía de la otra, amortiguamientos, la excusa para salir de casa, de mí.

El acercamiento a la lectura nació en ficción.

En la ruta de regreso del nido, los letreros de la publicidad sobre los techos de los edificios: baldes cerrados y ratas con colas demenciales y vasos gigantes de colores, me sabía el orden de aparición; tardaban en renovarlos. ¿Qué dice ahí, papá? Él me leía. Los baldes eran pintura, las ratas; veneno, los vasos; jugo en sobrecitos sabor naranja. Recitábamos juntos ida y vuelta el recorrido.

Cuando repasé la ruta con mi madre, él estaba trabajando a la hora de salida, le anuncié los eslóganes de los letreros. ¿Cuándo aprendiste a leer? No respondí.

Durante la noche, mientras se hacía la permanente en la peluquería, fui a visitarla, todavía con el mandil celeste del nido. Ella surgió del casco secador de pelo, tomó una *Vanidades*, la abrió en cualquier página y dijo:

Lee, hija. Lee para todas.

Y con el peinado a medio hacer, con orgullosa modestia, sopesó una a una a las vecinas. Las peluqueras dejaron de recortar los pelos del nacimiento de la nuca, de fijar los flequillos ya paralizados. Se hizo un silencio teatral. Entendí que se jactaba, que el papel a representarse me correspondía:

Tiene solo cuatro años y medio y ya sabe leer.

Me planté en medio, contuve la respiración, debía actuar, ¿qué hago? Abrí más la revista, inventé cuatro líneas de corrido, hablé rapidísimo, según el dibujo a página completa de una señora envuelta en un abrigo verde, la cerré, la arrojé a un silloncito y salí disparada por la puerta.

En casa teníamos pocos libros. Rellenaban un anaquel. Las enciclopedias, las colecciones de aventuras, las novelas de misterio, a ras del suelo, en el primer piso de un mueble negro, frente a la entrada, bajo llave. Pero la llave siempre puesta en la cerradura.

De bebé gateabas hacia la puerta y jugabas a dar vueltas a la llave. Sacabas los libros que caían pesados a tus pies, abiertos al azar, pasabas las páginas y nos mirabas como preguntándonos: ¿Qué dice aquí? Te encantaban los dibujos, los delineabas con los dedos y nos mirabas y volvías a las letras y querías saber.

El encuentro a ciegas, el deseo de entender algo que se me escapaba y a otros no, este campo de grama crecida que se partía en dos en cuanto yo me adentraba y que se cerraba detrás de mí, la suerte de tenerlo al alcance de mis manos.

Y cuando por fin estuve lista, me arrodillé incontables veces a la altura de esa llave. Salivando, el corazón en la boca, el chirrido amado de la puertita, tendida panza al suelo para capturarlos a un golpe de vista, la indecisión, tomar uno de principio a fin, leer en la cama con linterna sin despertar a mi hermana, la luz rebotando una media luna en el espejo, quedarme dormida, y al día siguiente, recuperar la marca hecha con un recién tajado lápiz 2B, aquí me quedé, el campo de grama iluminándose abierto en dos.

Leer por la calle, estrellarme, disculpe.

Leer a escondidas en la clase de matemática, el libro dentro del libro, te vas afuera, castigada, ¿cómo es posible?

Y de nuevo, el chirrido, la puertita, las tapas y sus promesas, pilas nuevas para la linterna, los gritos de mis padres, la persecución en las escaleras, los ronquidos, la respiración subibaja de mi hermana.

El alivio de poder habitar otras vidas, intuir que estoy siendo rescatada por ellas, tan íntima, tan imprevisible, esta red absoluta, este tejido, me lanzo y caigo hacia arriba. Yo también quisiera, yo también quiero escribir.

Si comenzaba a oscurecer y veíamos desde la pista de atletismo —un terral demarcado con tiza blanca—, la luz de nuestra habitación encenderse, volvíamos.

El tamaño de la pista distaba tanto del oficial que si competía en otros clubes o estadios me faltaba el aire.

En los últimos años de secundaria, los campeonatos entre los colegios religiosos privados ocurrían en pistas de tartán. Yo no tenía zapatos de clavos, L. me los prestaba, tres tallas más grandes, amarraba los pasadores alrededor de las pantorrillas. En plena competencia uno se me salió volando, corrí en medias y llegué última. La profesora de atletismo me llamaba mi gacela.

Por esa época mi madre, poco dada al reino animal, desarrolló una obsesión por los periquitos australianos. Instaló jaulas en la jardinera. Decía que debían ir en pareja pues morían de soledad. Llegaban de dos en dos. Ella cambiaba los periódicos tres veces al día, siempre cagados y meados, el alpiste, el agua, las mazorcas, pero las aves igual se enfermaban.

Los supervivientes no admitían a los sustitutos, se picoteaban y desplumaban.

Participé en un campeonato de atletismo en Ica representando a Pueblo Libre.

La delegación dormía en el estadio y los padres en un hostal. Antes de la carrera los iríamos a recoger. Muchas voces en la habitación de mi madre, rodeándola. ¿Qué ha pasado?

Me escuchó y viró hacia mí desde la cama, la mitad violeta. Tenía dos caras: una deforme y la otra intacta. Me siguieron, me arrancaron el bolso llegando a la puerta y me resistí. La habían pateado.

Crucé la meta sumida en rabia, la imagen de mi madre siendo violentada en el suelo, por primera vez la vi indefensa, una víctima.

Pero contra quién correr. Nadie se presentó. Me hicieron partir igual, alguien guardó la innecesaria pistola y gritó demasiado cerca de mi oreja:

¡En sus marcas, listos, va!

Logré mi mejor tiempo compitiendo contra el aire en un estadio vacío, sin vítores ni chiflidos, sin el polvo revuelto de las pisadas fustigantes, sin honor.

Corríamos la tarde en que los vimos surgir, explosión amarilla y azul, del volcán de nuestra casa. Nos detuvimos a contemplarlos. Surcaron el cielo, aletearon verdes sobre nosotras y alcanzaron las copas.

Se fugaron, dijimos.

Los liberó.

Durante su enfermedad, me quedé algunas noches a dormir con ella.

De vuelta en nuestra antigua habitación, los nombres de mi hermana y el mío todavía en el letrero de la puerta, ya solo una cama de una plaza y no dos, me desperté a las cinco de la madrugada envuelta en un ruido tremendo.

Me tapé la cabeza con la almohada y me volví a quedar dormida.

Mi madre me fue a despertar. Le pregunté qué era ese ruido.

Señaló la cancha:

Esas aves del demonio se multiplicaron. Y se despiertan a la misma hora en que yo les daba de comer.

Los árboles viraron a bosque oscuro. Tapaban la vista, cubrían los aros de básquet, y de los picos se escapaba un murmullo que podría haber sido melodioso.

Despertar en hiperacusia le arrebató al vecindario el primer placer del día: entrar a la mañana en el propio silencio.

Pasaron más de veinte años.

De generación en generación, los periquitos se transmitieron un horario. El horario del insomnio de mi madre.

En un alto a sus rivalidades, las protagonistas de una película o de una serie ingresan a escena vistiendo colores complementarios.

Una de rojo, la otra de verde.

Si el amiste es duradero, los lucirán sólidos.

Si la suspensión del conflicto es temporal, llegarán a su cita con prendas rojas y verdes y alguna de otro color. La asesina y un conjunto rojo. La policía, de suéter verde y pantalón gris, por ejemplo. Aunque discutan y una dispare, los rojos y verdes principales nos anuncian que la otra sobrevivirá. Habrá un reencuentro al avanzar la trama; está en su naturaleza complementarse.

Mi madre vestía muy seguido de rojo.

Cuando estaba viva, yo no sabía nada de teoría del color.

Habría sido una niña sobreadaptada de haberla aplicado, con una rara ventaja de preservación y sobrevivencia a través de la moda. Espiarla y decidir el cromatismo a partir de sus atuendos. El armario vibrante de una secretaria de gerencia repartido entre toda la casa, en el nuestro también guardaba parte de sus prendas, ocupaban la mitad. La otra mitad la dividíamos entre Vanessa y yo.

Los espectadores se calman si aparecen en pantalla los colores complementarios. Disfrutan de la tensión suspendida o postergada.

Me vestía a diario de azul, mi favorito.

Ella, jamás de anaranjado.

¿Otra vez de azul?, se quejaba, ¿no conoces otros colores?

Azules eran sus ojos.

Y azul eléctrico el delineado permanente que se hizo en la peluquería. Volvió a casa con las costras secas, perlas dentro de dos conchas abiertas con navaja, recortó eso de sí misma, dirigiendo la mirada de todos hacia ahí.

Desmaquíllala, me pidieron antes de su operación de cadera.

No puedo, es tatuado, y cerqué con un borde imaginario mis propios ojos azules.

Si tumban los muros de una casa, las vigas y los ladrillos expuestos como huesos, a la espera de ser otra vez polvo, roca, cimiento, las paredes al desnudo de cada habitación, salpicadas de viejos colores y cada uno, el de una vida, si camináramos a través de las demoliciones, un descampado pero el color, pérdida pero el color.

Se llamaba Carlota Luisa. Insistía en dime Luisa, nunca uso el Carlota.

Una vecina:

Luchita, tanto tiempo, ¿cómo estás?

Te pido que no me digas Lucha —se regodeaba, modulaba la voz, los ojos vueltos al cielo y una mano bregando hacia el pecho—. Estoy cansada de luchar.

Hubieras podido ser actriz, mamá.

Tú también. Además no me gusta el Luchita, porque mis luchas no son pequeñas.

Sí me llamaron para salir en televisión, me cuenta. Me persiguieron por la calle hasta que les hice caso y fui. Esos ojazos que tienes, esos faroles eléctricos, el mundo quiere conocerlos. Llegué al estudio. ¿Fuiste sola? Claro. Me pidieron que me cambiara y me pusiera una bata. Encendieron las cámaras, las luces y el director me habló. Ahora te vas quitando la bata, por encima del hombro, seductoramente. Imitó cómo debía despojarme de la ropa. ¿Qué tengo que decir? Nada. ¿Pero qué digo? Nada, nada, solo quítate la bata, mujer. No quiero. ¿Qué es esto? ¿Si es un comercial de colirio por qué no están enfocando mis ojos? Los cuatro en la sala se miran sin responderme. Risitas nerviosas. Tronar de dedos. Carraspeos. Tú sabes a qué has venido. Era un comercial de sostenes. Por eso te digo que hay que andarse en la vida con mucho cuidado, los hombres siempre te ven como un hueco.

Dijo que llamaría a la policía y cumplió.

Acababa de contratar a una muchacha joven: no bastaba con que mi hermana y yo tuviéramos repartido el primer y el segundo piso, la cocina, el garaje, la jardinera, los baños. La limpieza diaria, de lunes a domingo, concienzuda. Pasaba el dedo sobre las superficies, una aspiradora agitándose frente al polvo, renegaba de él y lo reclamaba.

Cada hija un piso, cada día, sacudir, barrer, trapear, encerar, lustrar.

La casa con áreas vetadas, un trámite materno infranqueable, no las podíamos pisar con zapatos. Patinábamos por la sala y el comedor sobre un trapo: la chompa del colegio encogida por los años, el lavado, el secado al sol. O nuestros calzones viejos, exhibidos sin pudor, descargados de su intimidad. Sin recordar cómo cruzarlos sin usar un salvoconducto entre el suelo y ella. Dos alfombras y una zona franca y cada alfombra, un continente y el trapo, un islote.

Me gritó delante de Rosa, no me acuerdo qué, y se recluyó. Antes de cerrar la puerta con Rosa dentro, le dijo:

Ojalá tú fueras mi hija.

La pateé y se hizo un hueco, molde exacto de la punta de mi zapatilla. Me reí, por mi potencia y la fragilidad del triplay, y toqué.

Abrió la puerta, me escuchó, miró mis zapatillas, comprobó el agujero y sus dimensiones. Una sonrisa complacida en la voz neutra:

Ahora sí me has dado motivos.

Como éramos tres mujeres en la casa, vino la policía femenina.

Mi madre comenzó a temblar: ¿Qué les voy a decir?

Yo también temblaba.

A mis cinco años, una tarde en que nos cuidaba la abuela, un policía le tocó el timbre, abrí y me saludó. Le incautó la aspiradora por no haber pagado unas letras (creí que le cobraban una parte del abecedario, las letras tenían un precio, al parecer, uno alto).

Esta vez venían a embargarme, a quitarme algo muy mío y no tendría cómo defenderme con mis propias letras. También era culpable.

Una policía la acompañó y la otra me llevó lejos, a las escaleras.

¿Qué ha pasado? Tu mamá dice que rompiste su puerta. ¿Es cierto?

Le expliqué.

Conversábamos cuando vino a nosotras cargando un balde. El mismo balde con el que nos duchábamos, el mismo balde con agua caliente con el que me perseguía. Lo mostró jactanciosa:

Mire, oficial. Mire esto.

¿Qué cosa, señora?

Mi hija no lava sus calzones. Tienen una semana aquí, ¿qué espera?, ¿que se pudran? ¿Le parece a usted que a los dieciséis nunca lave sus calzones?

No los lavo, porque tú metes todos a la lavadora, menos los míos. Y yo compro el detergente con mi plata.

Aquí la víctima soy yo. Y no doy más. ¡No doy más!

Dejó el balde en un escalón, al frente nuestro. El agua jabonosa, un oleaje verde que se asentaba, mi ropa interior, una por cada día de la semana, se iba decolorando y tiñendo.

Puedes hacer una contradenuncia, ¿tienes testigos?

Miré a la oficial sin creerle.

Al día siguiente fui a la comisaría con una de mis mejores amigas.

Tabatha manejaba moto desde niña. Vivía frente a la huaca Mateo Salado, en una casa que su madre se esforzaba en mantener. La madre también andaba en moto y la hermana, en una Honda Dax ST 70, sin placas ni cascos. Yo las admiraba. Se conducían, se movilizaban, llenas de energía se desplazaban a la vida y tomaban todo de ella. Mi madre decía, pobrecitas, el marido la dejó. Yo ansiaba ser parte de este clan de motorizadas, se querían, se trataban bien, con lo que había, con insatisfacción, compartiéndola en partes iguales.

El día de la patada, esa misma mañana, Tabatha me fue a buscar y mi madre le gritó puta. De la nada. Mi amiga giraba con la moto frente a la casa. ¡Puta! Siempre dulce con mi padre, él la trataba como a una hija. Nos cocinaba wantanes fritos, las frituras eran su especialidad. Y Tabatha saboreaba cada bocado y lo agradecía. Tal su necesidad que su agradecimiento, también, desbocado, está riquísimo, delicioso, lo adoro, me encanta, muchas gracias. Notaba cada cosa. El avanzar de una sombra en la pared, una diapositiva en la vereda, el rojo Drácula del kétchup, el instante en que su Dax disiparía la niebla, una anciana dudando frente a su puerta abierta, un cochecito de bebé sin bebé.

Junto a ella aprendí a proteger el placer.

Muérdele el cuello a todo lo bueno, parecía enseñarme, de un día para otro todo lo que das por seguro se desvanecerá. Como si jamás hubiera existido. Una mañana te levantas y tienes a tu padre y a la otra, no. Y yo no tenía reparos en compartir al mío. Ni la comida.

La vi balbucear, resistir, permanecer, conservar.

Abrazada a su espalda, fuimos a la comisaría en la moto. Reversionar. Revertir.

Durante muchos años, repito una pesadilla:

Estoy durmiendo sobre un colchón en una habitación blanca, me levanto acorralada por la angustia. A mi lado, un charco de sangre a punto de rozar las sábanas. Comprendo que he matado. Sé también que la policía está yendo a buscarme. Indago, se me acaba el tiempo. No hay rastros. No hay cadáver. No me pueden declarar culpable. Que no me detengan ni encarcelen me alivia.

Despierto.

Ah, qué alegría, tan solo un sueño. Me golpea la turbación, muy vívida, he matado, no hay cuerpo, no habrá acusación. Algunas horas posteriores de culpa y consuelo.

¿A quién estoy matando simbólicamente?

¿Por qué persiste el miedo al asesinato si ya desperté?

Voy a ponerla en la posición en que nació, dijo Alicia, apretando el cuerpo de Mara contra el suyo dos veces y moldeando las bolsas con las manos. Tal dignidad en sus gestos, tal respeto. Sosiego y ternura.

Una veterinaria-matrona, en el alumbramiento de un cuerpo que no nacía, pero que era devuelto a mí, en ofrenda.

Deseé que a mi muerte se me tocara de la misma manera, moldeándome al calor de un ser querido, en una posición de bienvenida que fuese a la vez despedida.

El conocimiento de Alicia, un trasvase silencioso previo a su propio nacimiento. Si toda la vida extrañamos ese retorno imposible a la matriz materna, recuperarle a la muerte la posición fetal.

En Ciudad de México, en el Museo Nacional de Antropología de los bosques de Chapultepec, se ha recreado el primer entierro: un hombre semidesnudo, devuelto a la tierra, echado de lado, con las rodillas a la altura de la cabeza, de los brazos, del corazón. Dimos un salto cognitivo al resguardar a nuestros muertos de la intemperie. Es ella centro, fuego, viento y buitre. El cuerpo contenía un alma. Los Paracas enterraban a los suyos de cúbito ventral, sentados sobre una canasta.

¿Cuándo decidimos estirar el cuerpo a sus límites, al tamaño de una caja, el féretro de madera? ¿Fue para poder vestirlo antes del rigor mortis y presentarlo engalanado para su propio velorio?

¿No es acaso una estrategia teatral volverlo protagonista de un evento para el que se le ha escogido un vestuario? Un evento que se perderá, pero que lo coloca al centro de la escenografía, dedicándole el decorado, las flores, la puesta en escena del duelo.

Mi padre vistió a su hijo muerto con el traje de su bautizo.

Vestí a mi padre muerto con el traje que lució en el matrimonio de mi hermana.

Ambos trajeados como los actores correctos de la obra equivocada, un vestuario de lo absurdo.

Pero no creemos en las muertes en el teatro (repetidas noche tras noche), es preferible que ocurran al margen, por fuera del proscenio, apelando a otro sentido: el oído. Es mejor imaginarlas, escuchar sin ver.

Los muñecos vienen de pie, encajonados, una parte de cartón, otra, transparente. Vemos sus sonrisas detenidas, sus dientes (la única parte visible de la calavera), sus ojos (abren y bajan los párpados; los iris boquiabiertos), los músculos dibujados, las extremidades articuladas (para desmembrarlas y volverlas a colocar), para que niñas y niños puedan sentarlos. Al borde. Admiran esa osadía que acaban de crear, le convidan al muñeco un atrevimiento. Aunque ellos aún no puedan o no se atrevan a experimentar el filo, el abismo —la instancia de separación, de fisura— con el mundo familiar, el amparo de lo conocido y lo seguro, previo al advenimiento de lo unheimlich.

De un adulto podemos decir: está desbordado.

Los muñecos ordenados en estanterías, cada cual ocupando un rectángulo, su lote. Cofre, caja, joyero, cajón, arca, cesta, baúl, cartón, ataúd, urna, féretro son sinónimos.

Todo cuerpo sano alguna vez ha corrido, escalado, saltado, frenado en seco, retrocedido. Moldearlo mientras aún es flexible, dar cuenta de su elasticidad, su entrega dinámica.

Tú te escondes, escóndete, escóndete.
   Mi sobrino se oculta detrás del árbol, ahueca
   las manos y espía.
   Uno, cinco, siete.
   En plena carrera, le grito: Sin trampa.
   No, no, no, trampa no, dice.
   Escóndete, escóndete.
   Diez.
   Me alcanza detrás de la palmera.
   Corremos al ficus, pierde un zapato, déjalo, sigue de
largo,
   a saltos incompleto,
   se abalanza al tronco, a su sombra,
   recojo su sandalia al vuelo,
   cuando llego al árbol
   olvido tocar el árbol.
   Sálvate, sálvate,
   me pide.

La entrada en mi cuaderno: hablar ahora de las bicicletas.

Compartíamos el triciclo rojo, Vanessa manejaba y yo iba en el asiento de atrás. Hasta mis once me llevó una cabeza. Los meses en cama, durante la mosca tse-tsé de la depresión, crecí y me hice más alta que ella. El acontecimiento de la enfermedad: estirarme y sobrepasar. Su derecho de hermana mayor: conducirme.

Tuvimos una bicicleta con ruedas. Ploma. Yo ensayaba contra las paredes del garaje, me equilibraba con los codos, se lijaban y raspaban, anunciando cuán ríspida sería mi continuidad de ciclista.

Mi padre me llevó a la plaza, sacó las ruedas y dijo que me acompañaba un tramo. No avisó que me soltaba. Pude bajar y subir montículos, sin caer. Perderlo de vista, no corría detrás de mí, ver hacia delante y nada más.

A esta primera pedaleada, sin ruedas y sin padre, en una plaza que ahora es un centro comercial, le rindo homenaje cada vez que monto bicicleta.

El único vehículo que poseo, el único que sé conducir.

Insultándome me han dicho muchas veces: Manejas como hombre. Al menos en la pista, de igual a igual, la audacia, el poder, la necedad y una sobrevivencia. Quien maneja bicicleta en Lima sabe bien de qué hablo. No hay un instante en que no puedas morir.

A mis once recibimos una más adulta. Un regalo de mi madre. Para mí. En algún enojo me la quitó y se la dio a Vanessa. Tachó la tarjeta y reescribió la dedicatoria. En la chacra de Santa Clara, la dejamos allá, al mercado pedaleando, envuelta en las nubes de polvo que alzaba el Escarabajo, mis piernas les ganaban, me ardían las pantorrillas, yo creía ser más veloz, no cortaba camino, rehacía la ruta, me exponía por competir, a la grava, al embiste, me seguían desde el retrovisor o el espejo lateral, me saludaban, iba paralela a ellos o delante o detrás.

Todo con mi hermana.

La bicicleta que me cedía, mi cuarto propio.

Cómo lo habitaba.

Desgastaba las llantas, las cámaras rajadas, agujeros y parches, soldaduras.

Salté sobre una roca en el terreno de ripio, volé por los aires, el timón se encajó en mi estómago y perdí el conocimiento. Mi velocidad secreta. Desperté en la casa de un amigo, su madre me ponía jabón de lavar ropa en la herida en forma de L, abierta justo delante del codo derecho. Sangre y tierra. No debía mojarla, pero no podía evitarlo, la costra se salió tres veces, atravesó flotando la rejilla de la ducha. Esa L es visible hoy día.

Mi primera bicicleta llegó como regalo de mi padre por mis catorce. Salí a dar una vuelta y un pedal se desenroscó y cayó a la pista. Volví a pie, la pieza en la mano. En esas dos cuadras, la conciencia de la estafa, del regalo barato, tan barato como peligroso, aún sabiendo cuánto yo lo deseaba. Esa misma tarde lo volvió a colocar. Ya está, dijo.

A la mañana siguiente, saliendo al trabajo, dejó la puerta del garaje abierta y la robaron. Frente a la cama de Vanessa encontramos un cuchillo filoso de nuestra propia cocina. Nos apuntaba desde el suelo. Me quitó la bicicleta (lo único que se llevó), entró a nuestra intimidad, a nuestros sueños. A la intimidad de nuestros sueños. Dormíamos cuando subió y bajó las escaleras. Una vecina vio salir al hombre y le dijo después a mi padre: Tu amigo me dijo que ya la traía.

A mis dieciocho, mi madre heredó un dinero.

Una bicicleta estacionaria apareció por sorpresa en nuestra habitación. Moderna, con panel de lectura de velocidades y contador de calorías. Pedaleaba sudorosa cuando vinieron del banco a embargarla. Se plantaron en la puerta a esperarme. Mi madre, la sobregirada.

A los diecinueve. Un regalo de ella por ingresar a la escuela de periodismo. Montañera, llantas gruesas, verde noche, marco de hombre, con las justas toco el piso.

Vamos a ver cuánto te duran las ganas, dice.

La uso todos los días. Las ganas me duran toda la vida, madre.

Voy con casco, con las luces encendidas a toda hora, con reflectivas en el manubrio y en la ropa. Quiero ser vista. Que nadie use de excusa que no me vio.

Si me cierran, me acorralan o me dicen obscenidades, persigo y alcanzo en un semáforo. Insulto. Alguna vez raspo alguna puerta del chofer con mi llave. Lo que más digo:

Maneja bien, es gratis.

Existo.

¿Por qué no me ves?

¡Hijo de puta!

La caída: al cambiar de ruta rumbo a clases, piso una piedra, de cabeza a la pista, contra otra piedra. En vez de protegerme, cubro el reloj con las manos, otro regalo de mi madre. Me lo pedía prestado. Mientras caigo, pienso que si se rompe, me jodo.

He salido de estudiar. Cinco cuadras diciéndome cosas, maneja a mi lado, como si estuviéramos solos. Freno para gritarle. La bicicleta es tragada por su carro, la llanta trasera y el asiento desaparecen. Salto hacia delante y me pego al manubrio, lo sostengo. Irrealidad, lo fácil que ha sido, casi salir herida, destrozada en un abrir y cerrar de ojos. Sucede frente a una policía. Una mujer cargando bolsas de compras baja corriendo de un taxi, el pelo rojo fuego, y se me acerca. La reconozco, es la madre de una amiga. ¿Estás bien, hijita? Se vuelve a subir al taxi y se va. Narrar el acoso a la policía. Subimos este fardo al carro del taxista. Y vamos los tres a la comisaría. El veredicto: debe llevarme a casa y darme cincuenta soles.

A casa pero no me da el dinero. Mi bicicleta va echada atrás. Voy de copiloto, sola con él, muda y jorobada, el manubrio anclado en la cadera.

Me acusa:

Si no frenabas, no te pasaba nada.

Ninguna palabra sobre sus palabras previas. Ricurita, mamacita, ¿a dónde vamos a ir, tú y yo solitos? Psst. Igual es mi culpa. Mamita. Psst.

Indignada e inhabilitada, estas dos contradicciones no me resguardan, se superponen. La policía aprovechó las disculpas del chofer (no la vi, fue sin querer) y mi indefensión (no tengo dinero, ¿cómo vuelvo a casa?) para resolver un caso del que era testigo y partícipe.

Mis padres la mandan a reparar.

Seis años más tarde la vendí para comprarme otra montañera.

Me la robaron, también de un garaje. Vivía sola en una habitación en un segundo piso. La dejé abajo, sin fuerzas para subir la escalera cargándola como todos los amaneceres, cansada de estudiar por la tarde y de trabajar durante la madrugada.

Treparon el muro y amarraron mi puerta a la puerta contigua.

De las cinco, cuatro eran de mis vecinos, solo tomaron la mía. Acaso por el color llamativo, la única roja. La única que yo también habría robado.

Le temían tanto al qué dirán. Viviendo sola en ese cuarto contaron que el canal donde trabajaba me alquilaba un departamento.

Como con el llanto, manejo con rabia acumulativa, aunque me hagan una ofensa pequeña, —disculpa, no te vi— desato y exploto. Harta de ser el punto ciego. No te vi, ¿qué quieres qué haga? La que insulta, persigue, acusa desde las dos ruedas (también) soy yo. Manejo como hombre.

El escobillón alcanza el neón del techo, los vidrios caen sobre nosotras y saltamos, y el polvo de mercurio y, nuestro brinco, insuficiente.

El segundo golpe le desfigura el codo, un bulto amorfo presiona la piel hacia fuera, una preñez de huesos.

Me has roto el brazo.

Estupor que aún no duele. Es la primera vez a Vanessa.

Calmada, bajo control, el escobillón pegado al cuerpo, un estandarte:

No era para ti. Era para ella.

Bajaremos las escaleras hacia la clínica, grada a grada velaré sus pasos: Vámonos juntas, ya no podemos vivir más aquí.

Dirá que se cayó a quien pregunte por el yeso.

Dirá que fue sin querer, que no vio el hueco, el bache, el escalón, la pista, hablará de su torpeza tan torpe, tan ciega.

Dirá:

No quiso hacerlo. Tú la desesperas. Le dijiste loca.

Al día siguiente me voy de la casa. Me grita puta llévate todas tus cosas, ni se te ocurra volver. Cargo dos cajas con papeles, las cartas y postales que recibí, los primeros manuscritos, como renunciando a una oficina.

Se queda diez años más.

Se queda después de casarse. Podían vivir en cualquier otro sitio. Mi cuñado y yo trabajábamos cerca y una vez por semana almorzábamos juntos, la hora de la disuasión: Sácala, ella no puede sola. Sí, sí, lo haré.

Les cobra por cada área de la casa, el uso de la sala, del comedor y del garaje tiene recargo.

Se queda hasta que les teme a los cuchillos y se los esconden, déjenme la fruta ya picada, por favor, no quiero verlos, no tengo hambre, se queda hasta que la encuentro cadavérica en su cama y voltea hacia mí, me reconoce y me nombra mostrándome el antebrazo: ¿Ves el fuego cómo me quema? ¿Ves el humo? ¿Tú también les has clavado tenedores a los niños?, y consigo por fin arrancarla de este lugar. Podían mudarse a cientos de kilómetros de distancia, regresaron a la casa de mi madre o nunca se fueron, lo controlaba todo, sin entregar nada, pagaban un alquiler, una sumisión, ella no vivía con ellos, ellos vivían con ella.

Sin parpadear contempla el neón de la sala de emergencias, los ojos color cielo agrietados de rojo, las pupilas letárgicas.

Mi madre: ¿Puede dormirla tres días seguidos, por favor? Necesito descansar.

Mi padre: Pero si no tiene nada, ¿qué hacemos aquí?

El psiquiatra: ¿Hay antecedentes de locura en la familia?

Señalamos discretamente a mi madre que acaba de responder: No.

Está a tres días de perder todo conocimiento y de retroceder a los tres años, de estancarse en esa edad, sin poder volver, me dice el doctor.

Y vuelve.

Y yo.

Diré: Mi madre lo hizo.

Callaré: En un golpe que era para mí.

Padre todopoderoso, se lanzó en paracaídas en Alaska, conducía tanques en la nieve, comió gusanos y reventó latas contra rocas.

Madre creadora del cielo y de la tierra, marchaba de los brazos de la CGTP, detrás suyo, las banderolas de los sindicatos, la casa, su cuartel del ejército, la oficina privada.

Hermana dulce, buena, responsable, yo también era todo eso, jugaba con barro, manchaba los pantalones y no usaba falda.

Tuvimos tres perras, vivían en la azotea, con Vanessa les armamos una sombra, se montaban y jadeaban, yo subía a colgar la ropa y les hacía cariño. Me recostaba contra la pared, me ponía a su altura, y las dejaba lamerme y trepar. Las horas duraban en su aliento, en las garrapatas y en las pulgas que les arrancaba, salivaba reventándolas, las uñas contra el piso.

La perra que logró quedarse comió veneno para ratas, mi madre lo esparció detrás de la cocina, estábamos infestados de ratas, mi padre mató a ocho a escobazos, se desangraron en la escalera, rugían, mares grises, puestas de pie, desgarradas.

Una rata pretendió colarse por la ventana de la habitación de mis padres, empujándola con el hocico, veíamos televisión a escondidas, sin hacer ruido, ¿quién nos creería?

Si las ratas son tan astutas, ¿por qué a esta casa?

Regalaron a dos de mis perras, no podemos tenerlas más, son demasiada comida, demasiado tiempo.

Los vínculos con mis padres: los animales que nos quitan.

Cuatro ojos negros en el auto, me bajé en una esquina sin rascarles la cabeza, me vieron partir, le movieron la cola a su traidora favorita, jamás pregunté por sus casas nuevas.

Abandonar lo nombrado.

Yo tampoco los miré a los ojos cuando me fui.

Irse: no dejar el cuerpo ahí al maltrato.

¿Por qué dices que son tres si son cuatro?, pregunta mi analista.

Ya sabes que soy muy mala para contar. Repetí por matemática, tenía problemas con trigonometría, hasta hoy no me sé la regla de tres simple.

Bueno, escribes cuentos. De hecho, contar es lo tuyo. ¿Qué son esos tres? Lo has traído tú, acabas de decir trigonometría, regla de tres...

En las sesiones digo lo primero que se me viene a la cabeza:

¿Será que mis dos hermanos forman uno, el muerto y el vivo, y con mi hermana somos tres?

Después de las sesiones, el enajenamiento semanal desliza mis pensamientos hacia el hacer. Las revelaciones quedan latentes y me asaltan. No consigo evadirlas, tarde o temprano debo hacerme cargo, al costo que implica postergarlas o encararlas.

Tres me hace pensar en trampa.

La trampa es el subregistro, los datos escondidos de la propia biografía, transforman el curso de las cosas, hito a hito.

El verano en Pucusana.

La carretera desértica volviéndose costa, contar minutos, segundos, espejismos, ¡ya casi! La caleta de pescadores azul oscuro.

Dos semanas de enero, mis padres alquilaron un piso entre las calles a la entrada, lejos del malecón, al inicio de la temporada, aún era barato. Los días de enero rezagados de frío, de garúa pegadiza, el viento salado alardeaba bajo la ropa.

Dormíamos, como en Pueblo Libre, en el mismo cuarto con Vanessa, solo que en camarote. El único mueble de la habitación. Los camarotes hasta hoy me dan alegría, casas de dos pisos, cada quien en su hábitat. Yo, arriba.

El departamento olía a humedad, se descascaraba. Pero estábamos juntos por primera vez en una vacación duradera, en el verano interminable de la infancia.

Por la mañana, veinte cuadras largas a pie hasta la orilla.

Lanzarnos del muelle roto. Nadar mar adentro. Ellos, atentos y tranquilos, aguas raras, no impenetrables, no impredecibles.

Conocimos a otros de nuestra edad, más valientes, se adentraban y sacaban caracoles del fondo, de un marrón espejado.

Yo no me atreví a hundirme así, conteniendo todo el aire de los pulmones. Les prometí un beso y me los dieron.

Los esquivé y logré incumplir.

Le pedí a mi padre que los limpiara, los hirvió en la única olla, apestaron la cocina varios días y mi madre nos preguntó por qué. Me los devolvió vacíos. Lijé los ápices contra el borde de la pista, hasta que surgieron agujeros muy finos. Compré anillas y las pegué a los caracoles con el Moldimix de mi padre. Pellejos en las manos, el pegamento me cosió los dedos con una leve tela anfibia. Feliz y artesana y útil.

En el bolso que llevé a la playa guardaba un plato. Acomodé los aretes de caracoles como a joyas. Mi madre me felicitó, me dejó pasearme entre los veraneantes y ofrecerlas.

¿A cuánto los vas a vender?, me preguntó mientras me enceraba con su bronceador casero.

Lo pensé mucho. Cobré un precio que compensara el peligro. El braceo, la apnea, la cerrazón del Pacífico, el tanteo a ciegas.

Se agotaron. Mi primer dinero.

Y le dijo a mi padre: Tu hija nunca se morirá de hambre.

Conseguiría más caracoles solo si besaba a los chicos.

En algunos países a los aretes se les llama: pendientes.

No tenía expiación. Me daban curiosidad, ninguno me gustaba.

Esa misma noche, un circo de barrio se instaló al fondo de la cuadra. Gasté todo errando en el tiro al blanco. Bajo un toldo roto y triste disparé muchas veces, sujetando la escopeta con prestancia pero sin puntería. Volé el clavo que sostenía la diana.

Desde el segundo piso del camarote tocaba el techo con los pies, lo pateaba y lo marcaba con mis arcos. Un pie plano y el otro, cabo. Vanessa dormía, arrullada en sueños tranquilos, toda la madrugada, yo, ojos insomnes, encaracolada en mi propia rabia.

Quizá el primer asombro: llevarme una caracola al oído, entre las paredes de mi habitación compartida, y el rumor, el humor, el amor del mar.

En Pucusana Alta la tía Enny tenía su casa de veraneo. Una de las tres hermanas mayores de mi madre. Yo la adoraba.

La casa quedaba al borde del acantilado, con la terraza al mar abierto y, debajo de ella, la espuma reventaba de un blanco prepotente. Colindaba con el Perfil de Cristo, una formación rocosa que techaba el Boquerón del Diablo. Qué nombres, nunca mejor puestos. El peligro y el vértigo, los vecinos íntimos de mi tía.

En la nariz y en las cejas del Cristo se anclaban pescadores, con sus cañas y carnadas de caracol, pota y muy muy, se iban antes del mediodía, los peces boqueando en baldes de agua salada.

Dentro del boquerón, la noche, y la noche, infinita.

Si bajaba la marea, los aventureros se tentaban, vestidos con ropas de baño y sandalias, intentaban atravesarlo, salir airosos a la pequeña playa, donde las olas sucumbían. Una tarea que ni los buzos se atrevían a hacer.

Esta es la leyenda de Pucusana: un pescador arponeó a un buzo, confundiendo su traje de neopreno con la piel de un lobo marino.

La visibilidad bajo el agua es cero. Un océano tan exigente, tenebroso y frío, ideal para las competencias internacionales de submarinismo que Perú siempre gana.

Cuántos veranos los aventureros le rogaron a mi tía por cobijo.

Temblando de la cabeza a los pies, lo único que atravesaron, un susto de muerte. Ella los animaba a escalar, roca a roca, asaltar su terraza, los esperaba con un té y la voz grave, eso no se hace. Cruzaban su casa devueltos a la vida. Nunca vi a nadie lograr traspasar el boquerón, la marea baja nunca es baja del todo. Solo el agua. Cada ola coronaba de blanco una cima sin hombres.

Hace poco encontré un video de Pucusana en Internet, un dron me mostró a la bestia por dentro, tal como la imaginaba.

A la tía Enny la recogíamos por las tardes, con la última luz, y comíamos picarones en el malecón. ¿Puede invitarme un poquito más de miel?, viciosas del dulce, andábamos del brazo, de carretilla en carretilla. Estábamos acostumbradas a tener velas a mano, vivíamos entre apagones. Y el remordimiento de saber que su esposo, mi tío Javier, a oscuras, trabajando al pie de una torre de luz minada (las pocas veces que lo vi: dormía la siesta sentado, sin soltar el periódico abierto). Una noche el apagón nos sorprendió en plena calle. Un ay generalizado y la trama siguió. Alumbradas por el farol de la picaronería, mientras me chupaba los dedos, mi tía:

Esas son mis reposeras.

Un vecino alumbró con su linterna al tipo que paseaba tranquilo con el hurto y desapareció en la oscuridad cuando dejó de apuntarlo.

En todos los apagones le robaban algo de la casa y durante el invierno se la vaciaban: arrancaron las rejas, decía compungida, las arrancharon con una soga amarrada al parachoques.

Por eso, si algo mantenía, el abandono.

Las paredes escarmentadas de salitre. Los fierros oxidados al borde del tétanos. El mobiliario, rejunte de mudanzas propias y ajenas. Vestida con turquesas, fucsias o amarillo chillón, y bien maquillada, mi tía contrastaba con la oquedad de su propia casa.

Volví a los quince con mi madre y Vanessa.

Nos la prestó en invierno.

Un tercio de la propiedad o una habitación con baño y, abajo, una escalera al exterior, a la vista del Perfil de Cristo, con una cocina semitechada. Había repartido la herencia entre sus dos hijos y la nueva distribución me pareció extraña, inexacta. Pero ¿cómo dividir un abandono en un acantilado?

Al desvestirnos para irnos a dormir, noté que nos espiaban. Nos cubrimos el pecho, nos quedamos congeladas en la misma postura y, pese a nuestros gritos, el hombre tardó en moverse. Una silueta corpulenta, una cabeza calva y un tórax con los brazos pegados al cuerpo. La exasperante inmovilidad de un maniquí. Diez segundos. Veinte segundos. Desapareció. Mi madre sacudió las cortinas, como quien espanta una araña y espera que caiga. Bajó corriendo las escaleras y subió de inmediato. Nos mostró un cuchillo filudo, el preferido de mi tía, el de eviscerar y descamar pescado.

Si regresa lo mato. Dijo.

Guardó el cuchillo bajo la almohada. Nos acostamos, las tres en la misma tarima, aguantando una amenaza con otra.

Volví a Pucusana a los dieciocho con mis compañeros de la universidad.

Una tarea de iluminación de las clases de fotografía. Bajamos a las rocas con una amiga modelo. Posó contra la rompiente. A punto de resbalarse y caer al agua: ¡suban!, gritó mi tía desde su terraza.

El malecón.

Adelgazado, el oleaje carcomió la franja de arena; las murallas breves, cierta desazón en el aire, mar negro de mugre y plástico, restos de carnada, los yuyos, antes comestibles, ahora putrefactos, sargazos.

Volví pasados los veinte con mi madre.

Mi tía nos recogió en el paradero frente al casino y viajamos juntas en micro. Estuvo internada por una estrangulación intestinal y debía cuidarse con la comida. Contenta de vernos, íbamos apretadas en el asiento del fondo, el que resiente todos los baches, compartiendo la fuga.

Por la tarde nos metimos juntas al mar, dos cabezas a la deriva.

Vimos a mi madre aprovechar la resolana tumbada en la arena, con pantalón y suéter, los pies forrados con la toalla, una plácida momia moderna.

Qué guapa tu mamá. Siempre lo fue. Hasta dormida es guapa.

Sí, muy. (Dieciséis años más tarde, en el crematorio: sigue siendo guapa).

Dejándonos mecer, flotamos bocarriba.

Tía, ¿te puedo hacer una pregunta?

Claro.

¿Tuviste miedo de morir?

No dijo nada. Me acordé de sus hijos, mis primos, dos hombres grandes, a la sombra. Mi tío ingeniero: rearmaba las torres de luz, durante los años de terrorismo su vida peligró. Estos dos hombres, al morir el padre, de alguna manera ellos también murieron. Se arrancaron una chispa vital.

¿Te arrepientes de algo?, insistí.

De no haber logrado que mis hijos sean hermanos.

Yo había cobrado un sueldo, invité el almuerzo y la merienda. El sabor de los picarones y de la miel, si no era el mismo, se le parecía. Traté de que mi memoria no exigiera mímesis, solo me traía sufrimiento. Buscaba todavía calcar el recuerdo, sin saber prepararme para lo que llega y es efímero.

Esta era otra Pucusana, mi tía cambió y yo.

Tal vez solo mi madre era la misma.

Subimos a pie, olvidamos la ruta empinada, ya costaba. Ellas se quejaban, ay, mis rodillas, ay, la cadera, falta poco, manita. Hay que subir en zigzag, recordé. Y las tres ascendimos serpenteando las huellas de la otra.

El cuarto se veía más pequeño.

Logró introducir una sala, con una mesa redonda y cuatro sillas. Tampoco ese mobiliario, aunque rescatista, terminaba de encajar. Supe entonces que muchos permutan de casa llevándose los restos de otras, tablones de naufragios y tormenta. En una primera impresión, el reciclaje es funcional. Mirada con detenimiento, esta nostalgia es corrosiva, la fantasía de armar por fin la casa de todas las casas. La hechura desproporcionada, un desequilibrio de bártulos enfrentados que no conversan entre sí. La incomodidad la percibe cualquier visitante, sin llegar a deducir qué lo expulsa.

Mi madre tuvo una mudanza secreta a un departamento por estrenar que se compró a escondidas (me enteré por infidencia de mi prima hermana, la corredora). Sus viejos muebles no entraron. Ni la cómoda, ni los sofás, ni la cama, ni el comedor. Nada. Tampoco los cachivaches. Fumó contemplando su fracaso. Se regresó el mismo día con el camión y todas sus cosas. Devolviéndolas al lugar conocido, fumó. El pasado no pasa por la puerta.

¿Una manito de cartas?, dice mi tía.

Bueno.

Durante la semana, iba al casino y posaba en su revista junto a las máquinas y el auto 0 kilómetros del sorteo de medianoche. Vivía embelesada por la posibilidad de ganar un monto importante que asegurase su vejez. Los ojos percutidos por la influencia del azar. Su gestualidad en las fotos junto al auto anunciado daba cuenta de este escenario.

¿Cómo te fue en el tragamonedas?, le preguntaba.

He ganado tanto como he perdido, estamos tas con tas.

Mi madre muchas veces iba con ella. Al volver:

Tu hermana y tú deberían ser como tus primos, siempre le dan plata para que juegue.

Tenían un chiste: Nos vamos a la timba a comer.

Se quedaban hasta la madrugada, comiendo, bebiendo, fumando. Gratis, decían, solo gastamos veinte dólares, bueno, está bien, veinticinco.

Puso un disco: Romina y Al Bano.

Cantamos a los gritos, nuestras voces unidas por un idioma que era solo suyo, el de sus padres: Es como el viento, el mar y el sol, tiene el calor de verdad, la felicidad… Si no querían que sus hijos supiéramos de qué estaban hablando, las llamadas entre ellas eran en italiano. Mi madre taquigrafiaba también en italiano.

En el cenicero rojo de lata, la ceniza no cabía, se esparcía en la mesa; risas, tragos de Coca-Cola uno detrás de otro, charla banal, la noche. Detrás de nosotras, el cubrecama de colores perfectamente liso y el colchón hundido en un solo lado.

Como en nuestra propia sala de juegos clandestina, tas con tas, nadie había perdido, nadie había ganado, no se apostó nada.

Creo que comí demasiado, se quejó mi tía.

Muchos picarones, manita, dijo mi madre.

Jugó un rato más y colapsó.

La última vez que la vi, cuatro bomberos la cargaban en una camilla, ladeándola para alcanzar la calle. Tumbada y, en su cara, la mueca de una pelea interior (mi madre dijo: Se arrancaba los cables en la clínica, no se quería morir).

Antes de volver sola a Pueblo Libre, regresé al cuarto por nuestras cosas.

Marcas de labial rojo en las colillas del cenicero, huellas digitales en los vasos, coletazos de humo, coros en la radio, la cubrecama corrida.

Y tres manos de cartas, abiertas en una jugada para siempre interrumpida, armándose como una ola, ninguna ganadora se vislumbraba todavía.

Yo te voy a teñir. Y punto. No gastes en peluquería, es una estupidez, ¿para qué, si yo puedo hacerlo? Voy a pedirle a tu papá que no entre de nuevo a la cocina.

Se pone el mandil sobre la blusa, me quita la chompa, me coloca el secador de platos alrededor del cuello.

Retira una silla. Ven aquí, siéntate. Mezcla la fórmula en una taza. Se pone los guantes de plástico. Llena un vaso con agua y me humedece el pelo con los dedos. Suspira hondo y comienza.

¿Vas a leer las instrucciones?

¿Para qué? Mis amigas me pedían que las tiñera, a todas tus tías les cortaba el pelo, si hasta hacían cola. Pero dame un ratito.

Busca en el cajón de los cubiertos, saca un tenedor. Separa los mechones:

Agacha la cabeza. Déjame pasar la pierna, bien. Avísame si te jalo. Hoy se van.

¿Por qué me salen tan joven?

Tu tía Enny tenía el cabello blanco a los veinticinco y yo mucho antes.

Mi jefa me ha pedido que haga algo con mis canas.

Deja de moverte y lo solucionamos. ¿Qué harías sin tu mamá? Ay, cómo me arrepiento. Debí poner una peluquería apenas pude. Todavía tengo mis pelucas y mis extensiones. Todo el mundo me robaba consejos, hazme algo como lo que tienes tú.

Con el tenedor apunta hacia el porvenir:

Tendría mi negocio propio, clientas fijas y no estaría como estoy.

¿Y cómo estás?

Tú sabes cómo estoy. Tu padre sabe cómo estoy. Y yo sé cómo estoy. Pero no hay nada que pueda hacer con eso.

Se agacha para escudriñarme las patillas, las acaricia, les pasa el tinte.

Voy a decirle a tu papá que me compre una brocha. Con el tenedor no es igual.

No sé si me estás tiñendo o rastrillando.

Tengo que usar la mezcla completa, ojalá nos alcance, tienes el pelo muy largo.

Soy su primera clienta, la más importante:

¿Qué te gusta más? ¿Cocinar o teñir?

No se pueden comparar.

¿Entonces?

Teñir. Es tan lindo arreglar al resto y que se vean mejor por ti.

Si no lo haces nunca.

Por eso mismo, he sido una idiota. Los hijos siempre se van, en cambio un negocio es para siempre.

El engrudo en mi cabeza cobra un peso, tengo miedo de mancharme la frente, los lóbulos, que el tinte se fije en el pabellón de las orejas.

Parece mentira, pero ya pasó media hora. ¿Cómo vas a enjuagarte el pelo aquí en la cocina? Solo hay agua fría. Mejor sube y báñate arriba.

Me bañé antes de venir.

Te vas a enfriar, ya te digo. Tu papá por fin puso una ducha eléctrica, el agua sale calentita. Pruébala.

Subo las escaleras, me sigue, tantas veces esta misma ruta, otra vez ella detrás de mí. En el baño del segundo piso, me ayuda a terminar de desnudarme. Me mira el pecho:

Qué suerte tienes, son muy pequeños. Nunca se te van a caer.

Entro a la ducha, le doy la espalda.

No como a mí. Las amamanté y se me derrumbaron de un día para el otro como las Torres Gemelas.

Fue un atentado, mamá, no un accidente.

Descuelga el grifo y me enjuaga la cabeza:

Bueno, en el caso de ustedes dos… son las dos cosas.

El cuero cabelludo tiene memoria, estos dedos, remueven y hacen saltar los mechones de un lado a otro, caricia y tironeo, la detesto y lo extraño. Mientras viví con ellos nunca tuvimos agua en el segundo piso, las duchas con balde y jarrita, los gritos si el agua del balde se enfriaba.

¿Está bien o la prefieres más tibia?

Deja. Lo hago yo.

Alzo el brazo, toco el transformador y me pasa corriente. ¡Carajo! El recorrido de la electricidad finaliza en el empeine, un relámpago apestoso tirita sobre nosotras.

Ay, dios santo. Otra vez tu padre y sus baratijas. ¡Albertooo! Y encima se hace el sordo.

La descarga deja en mi pie un orificio pequeño, con el fondo rojo volcánico y el borde cauterizado, como una cicatriz de escritura, herida y costra al mismo tiempo.

¡Albertooo!

Seca mi cabeza con la toalla de mano, desenreda, ay, estas mechas tuyas, bota un nudo de pelos negros al tacho, este pelambre, tráeme el trapo, ahí está ¿lo ves?, repasa por favor esas losetas. No, no. Sigue mojado. Dame acá.

¿Qué quieres?, la voz de mi padre en la puerta. Carraspea. Tiene un cigarro entre los dedos, nunca he imaginado otra cosa en sus manos, no un lapicero, no una servilleta. Un cigarro.

Casi haces volar a tu hija, ¿qué te parece?

El silencio de humo contenido en el pecho y luego: ¿Cómo? ¿Qué pasó?

Mejor vete que te agarro a escobazos.

No lo escuché acercarse, no lo escuchamos irse. Aprendió a ser sigiloso.

El servicio profesional, el acabado completo, no tengo manchas en la cara, las orejas o el cuello. Estamos en un recién inaugurado salón de belleza, un salón exclusivo para mujeres, el único espejo, mi madre:

Me parece que te ha quedado muy oscuro y que se te endurecieron las facciones.

Probaré otro tono en un mes, no pasa nada.

De chica tenías el pelo más claro. A tu hermana sí se le quedó rubio hasta hoy, lindo. Yo se los lavaba con manzanilla. Pero tú saliste a él. En todo. Y cuando digo todo es todo.

A mí me gusta.

Mírame, se me notan de nuevo las raíces. Ahora las dos somos esclavas del tinte.

¿Me las debí dejar?

El tono sal y pimienta es para los perros.

Comenzaré a ladrar.

Graciosita. Siempre tan graciosita. ¿Te duele el pie?

Me arde.

Para variar, el miserable nos ha podido matar.

Si quieres vuelvo un día y te tiño yo. Lo intento pero no asumo cómo te vaya a quedar.

¿Para qué? Si hace más de un mes que ni me llamas. No sé nada de ti. Vienes cuando necesitas algo. Mejor no te engañes, ni me engañes. Así son las cosas.

Le prometo que volveré en unos días.

Deja de doblar en dos la toalla:

¿En cuántos?

No sé, te llamo y te digo.

Dijiste:

Si comes pimienta se instalará granulada en tus pulmones,

el molinillo giraba, yo le temía,

una guillotina llovía tripas sobre el plato,

dijiste:

Si duermes bocabajo

no te crecerán los pechos

—y no crecieron, son hermosos—,

dijiste:

Mejor no tener hijos,

el mundo es un lugar muy cruel, cuesta estar vivo, esta generación hiperconectada deprimida empastillada triste,

los hijos nunca son como los esperas,

siempre hay uno al que se quiere más,

no les digas a tus hermanos,

y a ellos les dijiste lo mismo.

Dijiste:

¿Quién sabe cómo vas a terminar?

No he terminado, madre,

cállate,

estoy viva,

eso es bastante.

Al casino fui primero con L.

Lo conocí intercambiando estampillas. Mi colección había nacido arrancándolas de las cartas que enviaba mi hermano. Yo las metía en un recipiente con agua, los residuos de los sobres se despegaban, cuidaba en cada una el borde dentado, en cada una, lo intacto.

Él tenía quince, yo catorce. Salía del colegio y corría a mi casa.

Yo atisbaba a través de la ventanita de la puerta principal, aunque reconociera la voz inconfundible, debía ojear primero por allí. Mi madre nos rogaba nunca abrir de frente la puerta, unos desgraciados estaban lanzando ácido muriático a la cara de las mujeres.

Desde la ventanita, L. me mostraba su chompa sudada por el esfuerzo de venir corriendo a ti. Es uno de los hombres más insistentes que conozco. Detesto su testarudez. Nos unían nuestra buena memoria (él quería ser médico, se sabía los nombres de todos los músculos y todos los huesos) y nuestra manera de recursearnos ante la falta de dinero.

Podemos hacer plata fácil, dijo.

Yo tenía en soles el equivalente a cinco dólares. Cambié el dinero por fichas. Raro pasar de un intangible a otro que, fuera de ese contexto, no tenía valor. Sugirió que los apostara en la ruleta americana, al blanco o al negro, me quedaría así todo el rato que quisiera, en la espera del atacante, acumulando o perdiendo.

Gané quince dólares en tres jugadas consecutivas. Es tu suerte, dijo.

Me impresionó confirmar la duda como estado general del alma.

Manos que sacaban, ponían o devolvían fichas al centro de los números, pretendiendo abarcar la mesa. ¿Qué se jugaba en ese momento? Todo y nada. El dinero del alquiler, del colegio de los hijos, la pensión de viudez, el sobrante que podía arrojarse al riesgo, a la pérdida inmediata.

Si alguien dejaba muchas fichas al medio de un número, la indecisión renacía por contagio. Un alboroto tremendo de sudor y humores, la bola girando y girando, las manos en el tapiz verde intercambiando fichas, armando torrecitas hasta el último segundo, y la repartidora, con agotamiento tajante, cancelando el frenesí:

No va más, señores.

Al mismo tiempo, describía un aspa, como en la extremaunción.

La bola, un azar dentro del azar, podía caer en un número, el dueño gritar entusiasmado, y anclar en la antípoda.

Al dejarme en casa, besé a L. en el garaje y metí sus manos debajo de mi polo, el primero en hacerlo. Nos dio tanto placer y susto que no supimos vernos durante seis meses.

Nos regresan en taxi, dijo, mostrándome los beneficios. Suplicó. Acompañé a mi madre al casino del Sheraton del centro de Lima.

Cambió el dinero en la caja, unos cincuenta dólares, recibimos las fichas en envases blancos, de plástico, los que te entregan en los chifas cuando pides sopa wantán para llevar.

Frente a las tragamonedas:

Escoge.

Esta.

Introdujo un envase en la palanca:

La marcas y todos ya saben que es tuya.

Se detuvo frente a otras tres. Y a las tres les clavó el baldecito en la palanca.

¿No vamos a jugar solo con una?

No. Hay que repartir la suerte.

Su método: el bloqueo. Al bloquear la suerte para ella, bloqueaba también la suerte de los demás. El pasadizo, cubierto con una alfombra roja de iglesia o de funeral, su cuadra premiada. Convocó a la buena fortuna con una combinación de rezo, hechizo y profecía. Les habló, como a viejas amistades, cargada de resentimiento:

Esta vez no me pueden fallar.

Y como a personas con las que se tiene cierta intimidad, les sobaba las panzas:

Hoy nos tienen que dar todo. Todo.

Muchacha que pasaba, algo le pedía:

Flaquita linda, ¿nos dejas otra bandejita?

Una procesión ilimitada de tallarines, cerveza, cigarros, platos de plástico con salsas de colores, sin ser tocados, bajo las luces coloridas y las figuritas triplicadas de palmeras. Nosotras en la noche del casino, como en una vacación todo incluido.

Acepta, decía mi madre. Es gratis. Amontonaba para después, aunque se atiborrase. Acumulaba por si acaso. En las fiestas, envolver pastelitos y esconderlos en la cartera. En los restaurantes, tomar una ruma de servilletas y agolparlas en el sostén o en las mangas. Hurtos al vuelo. Ceniceros y floreros con logos, ¿de dónde salieron?, me los regalaron, a ti qué te importa, todo el mundo me regala cosas.

Durante un viaje que hicimos las tres, se paseó por las góndolas del supermercado y fue guardando, uno a uno, los objetos disímiles que codiciaba: un perfume, un lápiz de labio, una toalla, una vasija.

La observábamos de lejos. Y aprendíamos de la mejor.

Estábamos robando golosinas cuando la detuvieron. Las dos encargadas de seguridad: La esperan acá. Y cerraron la puerta.

La vimos ser interrogada a través de una ventanita rectangular. Retiraban las cosas, una a una, de su elegante bolso azul. Ella las veía estupefacta y negaba con la cabeza como si le estuvieran mostrando cocaína. Ahora le reclamaban los comprobantes de pago. Se palpó los bolsillos, buscó en los separadores de su billetera. No evadía las miradas, los ojos de cervatillo encandilado por faros neblineros.

Nos vio, nos hizo muecas y rompió a llorar. Atroces y torturados. Cualquiera hubiera dicho que le arranchaban las uñas. Gritó apuntándonos. Prometía que nunca, nunca,

nunca jamás volvería a robar nada, lo juraba por nosotras, mis hijas, mis tesoros, ¿qué culpa tienen ellas?, por favor, no me deporten, ¡se los imploro!

Desde la ventanita suspiramos y nos dejamos arrastrar. Nuestra Sophia Loren. Nuestra Elizabeth Taylor. Nuestra Catherine Deneuve. Nuestra Gena Rowlands. Nuestra Ivonne De Carlo. Déjenla ir.

Le creímos todo.

Esta avidez pese a la saciedad, decía su hijo, es una marca en nuestro historial genético. Los abuelos pasaron hambre durante las guerras.

Las alimentó, les rogó, festejó cada timbrazo, fumó en trance. Su cara, la de tener el boleto del pozo de la lotería, a punto de ser anunciado. A punto.

¡Ganamos, ganamos!, bailaba, una niña desquitándose en una revancha.

Muchas veces bajamos juntas la palanca, su mano sobre la mía, casi igual de larga, los puños bien cerrados, abracadabras, profecías, bendiciones. Las imágenes calzaban una junto a otra, haciéndose esperar —las palmeras cocoteras y las cerezas, sobre todo— y el timbre de las monedas titilaba y brotaban como lava.

¿Puedo usarla?, le preguntó una señora.

Es mía, rugió.

¡Pero si no está jugando! Y está prohibido separar.

Fingió no escucharla. Le dio la espalda y siguió fumando, los rulos rubios al vaivén:

¿Me das más cigarros? Dos más, no seas malita. Mira, Susy, ella es mi hija, la menor.

Señora, soy Paula.

¡Paulita!

Yo sentía que competíamos por pasajes al Caribe, nos recibirían con cadenetas de flores fucsias y blanquiazules,

Vírgenes Coladas, nos exhibirían como diosas a las faldas de un volcán.

Ganamos, hijita, ganamos. ¡Qué te dije! Hoy es mi día.

La vi moverse, dueña, diosa, esotérica, sobaba las panzas de las máquinas, las seguía seduciendo entremezclando insultos, golpecitos y frases animistas. El pasillo con la alfombra roja, su pasarela. Se agachaba para ver su reflejo en la pátina negra y, en las pupilas, el brillo de la buena suerte y la conquista, sacaba su lápiz rojo, repasaba sus labios y lanzaba un beso que era a la vez para el dinero y para ella. Una madame.

El tintineo fue desapareciendo; los baldes, vaciándose. El fogonazo del timbre se espaciaba y la alegría de mi madre se diluía, como el maquillaje en el llanto.

¿Por qué? ¿Por qué?, se lamentaba. El bajón, igual de eufórico, desfile ida y vuelta a través de la alfombra, les renegaba a las máquinas por no entregar más, por no acceder, ¡ustedes son de lo peor!, autoritaria, como a un batallón desobediente.

Sin apaciguarse con nada, se volteó hacia mí:

Dame plata, tú tienes.

No tengo.

Te di medio balde.

Se acabó.

Mi madre, ademanes mafiosos. Tampoco me sorprendía.

¿En qué lo gastaste?

En lo mismo que tú.

¿Cómo así?

Se llaman tragamonedas, mamá.

Basta. Ven. Acompáñame.

¿A dónde?

Adelante, tú ven.

La seguí entre copiosas enredaderas de plástico, vides que caían del techo recreando la fantasía de pérgolas romanas, y absortos jugadores de póker, Black Jack y ruleta. La misma mirada compulsiva y roja. Ojos de conejo albino. Las mozas seguían repartiendo embutidos, tallarines, cigarros, cerveza. Nadie quedaba desatendido. Su presencia está subrayada. Sonrisas, bebida, alimento, colmar, demostrar que cualquiera puede entrar pero que el deleite es exclusivo, que alcanza para todos, que sobra pero nada es añoso, todo es de hoy para hoy. Aliviar el desasosiego, impedir la frugalidad, acompañar en las buenas y en las malas, compensar la tacañería premeditada del casino con el festín de la abundancia, si no chirrían los bolsillos, al menos el placer va de la boca para adentro. Campanillas y recompensa: dinero en efectivo, sorteo del 0 kilómetros y pasajes a un mar turquesa y cristalino. Auto, barco, avión, catamarán. Sentir en carne propia la literalidad de ser transportado a otro mundo. O comida, bebida y cigarros ilimitados como premio consuelo y desquite. Serás eclipsado por un sinsabor con sabor. La vida no es así, cuando te quita solo te quita.

Retomamos nuestros pasos hacia la entrada, comparte recepción con el hotel.

Nos vamos, qué bueno, dije con alivio.

¿Cómo que nos vamos? No. Mi madre se instaló frente a un cajero automático. Otra vez, las múltiples trampas que, por obvias, no menos trampas. Como los aeropuertos y sus duty free, como el animal más visitado del zoológico cuya vitrina colinda con la tienda de peluches, banderas y tazas, esta recepción enlazada con el casino y, a la vez, con el cajero, por si ya agotaste el efectivo en rachas de mala suerte.

Sacó su tarjeta y la introdujo. A lo lejos, las mesas, las manos, las bocas, los dientes, las sonrisas, una alegría sostenida y derrochadora, tenía tanto de cierta como de falsa.

¿Qué haces?, vámonos. El último recurso, por si pescaba la ironía: ¿Sabías que en otros países a las tragamonedas se les llama mataperras, mamá?

¿¿¿Y???

Ellos nos ponen el taxi, dijiste.

Sí, cuando ganas.

Extrajo un billete de cincuenta dólares. Sigamos un ratito más.

Me voy.

No te puedes ir, me siento mal, creo que voy a vomitar. Se recostó contra el cajero. Por favor.

La dejé hablando sola.

Corrí unas cuadras, en esa época ya no entrenaba, pero todavía corría, si me provocaba, corría, conté las monedas que tenía en el bolsillo, detuve un taxi, regateé. Entre la inseguridad del azar y yo, su apuesta segura, había sabido qué elegiría.

La casa siempre gana. No la nuestra.

Escalábamos la huaca cerca del colegio. Diez o nueve años. Todavía no estaban cercadas, eran tierra de nadie, plaza de juegos. Unos chicos mayores, niños todavía, escondidos en lo alto, corrieron hacia nosotras, les dábamos la espalda, y nos palmearon las nalgas. Se fueron brincando, borrachos de risa.

A los doce, en la sala de televisión del Circolo, me saludé con el recogebolas del tenis y vimos tele juntos un rato. Me levanté para irme, me despedí, se levantó de un salto y me acorraló. Me estampó contra la pared, me apretó con todo su cuerpo y se sobó contra mí, me lamió la barbilla, me escupió en la boca.

A los catorce, un muchacho tocó el timbre en el horario en que mis padres trabajaban.

¿Quién es?

Soy el hijo del jefe de tu mamá.

Me obligó a besarlo a cambio de que no la despidieran.

A esa misma edad, un hombre detuvo su carro y me preguntó si quería subirme. Le dije: Tengo catorce. Me abrió la puerta. Lo maldije. Alzó una franela roja del regazo y me mostró el pene.

El mismo año acompañé a mi madre a la costurera. Me dijo espérame afuera, vigila el carro. Le arrancaron los espejos la última vez. Me dio las llaves. Hacía calor y no quise entrar. Me recosté contra mi lado de la puerta. Un loco, mirada ida, zarrapastroso y descalzo, pasó a mi lado sin mirarme, alzó las manos y me tocó los pechos describiendo una línea recta. Siguió de largo a tropezones.

A los quince, mi padre me dejó muy temprano a la mañana a dos cuadras del colegio. Por las constantes amenazas de bomba, una tanqueta del ejército en la esquina. Avancé una cuadra y un hombre bien vestido me saludó. Iba de buen humor. Era lunes. Toda la semana por delante, leer y correr, mañana y tarde. Buenos días, hijita. Buenos días. Me sobrepasó, giró y metió sus dedos bajo la falda del uniforme, dentro del calzón. Una zancada tan de improviso, tan certera, tan impune. Le pegué una y otra vez con la mochila. Por esta y todas las veces anteriores, por todas nosotras. Un llavero de plástico del cierre de la mochila se rompió. Me dijo puta, eres una puta de mierda, te voy a matar. Se fue golpeado y tranquilo. En el pico de adrenalina descubrí que la defensa propia no puede ir acompañada de palabras. Aunque me estaba insultando, hablar me restaría fuerzas, hay que accederle al cuerpo el potencial de su venganza.

Corrí al colegio llorando.

Las monjas me permitieron ducharme (las duchas, solo para ellas). Me hicieron ir clase por clase, desde segundo a quinto de secundaria, reviviendo. Diles también que sus papás o la movilidad no las deben dejar a unas cuadras, sino en la puerta. Muy parecido a la vez que me quisieron robar la bicicleta en plena ciclovía y atraparon al ladrón infraganti. En la comisaría, cuando los policías se volteaban, me miraba manoseando su bragueta: Aquí está mi pistola. En la denuncia debía consignar la dirección de mi casa. Y él recibiría una copia.

Demasiado tarde para el corsé, la escoliosis lumbar sigue su curso. Rehabilitación en el hospital Rebagliati. Tengo dieciséis. Para emparejar los hombros cargo pesas, son latas de leche evaporada rellenas de arena. Para los masajes, el fisioterapeuta, unos sesenta años, me pide quitarme el polo y desabrocharme el sostén, recostarme bocarriba: Si quieres que te crezcan los pechos, pásate algodones mojados alrededor de los pezones todos los días. Me demuestra cómo hacerlo. La cara inexpresiva, médica, la distancia profesional.

A los veinte, camino con una amiga por la vereda de la playa Los Yuyos. Es febrero de carnavales. No me vestía de blanco, ya me había pasado y vuelto a pasar, si me lanzaban un globo, se me trasluciría todo. Un camión de bomberos nos rebasa, reduce la velocidad, un muchacho saluda, le hacemos hola con la mano. Un manguerazo nos hace estremecer de cólera y frío. El chico reía, nos señalaba, y el piloto y el acompañante.

Una vez más, el camión marchándose lento.

Este saber asimilado: las hemos dejado tan aturdidas que no seremos perseguidos, no seremos denunciados.

Saludarte, desorientarte, pasar de inmediato a la acometida.

Ninguno de ellos huyó de mí. Tampoco al que le pegué.

A mi amiga, de blanco, se le veía la ropa interior.

A los treinta y pico, un escritor me pide que presente su libro de relatos de nombre: *Orillas*. No lo conozco. Me cita en un café al aire libre. Recién he publicado un primer libro. Si me leyó ha encontrado algunas áreas de afinidad. Frente a nuestros cafés humeantes, lo primero que dice: Debe ser fantástico hacerte el amor. Mirada neutra y cambio de tema. ¿Escuché bien? Todo el encuentro soy tartamuda. ¿Dijo eso?

Una de las cosas buenas de envejecer, es un alivio decirlo, es que dejan de mirarte, gritarte, lanzarte, ofrecerte, tocarte. Pero lo que ya no te gritan a ti, que resististe y te has defendido, recae en otro cuerpo.

Nos han pedido deletrear nuestros nombres y apellidos, acompañarlos por palabras. Las tenemos pensadas. A de alma. E de elefante. P de Plato. U de unión. Inconscientes o bien calculadas, las palabras nos develan, deseamos ser leídos y entendidos en ciertas líneas de significado.

¿Tu nombre es con C o con K?

Con K.

¿K de kilo?

Sí.

Siempre fue k de kilo.

Mi nombre comenzaba con un peso específico, mil.

De pronto, una llamada ofreciéndome una tarjeta de crédito que yo, por supuesto, ni quería ni necesitaba.

La mujer:

Dígame, para empezar, ¿la inicial de su nombre es k como k de kerosene?

Paralizada, balbuceé cualquier cosa y le corté.

Por primera y última vez, asociada al fuego.

Kerosene: del griego keros, líquido inflamable y transparente, destilado del petróleo.

La asociación misteriosa.

Durante el primer gobierno de Alan García, mi padre arrodillado frente a un primus, vacía kerosene en el tanque. No teníamos dinero para el balón de gas. La hornilla sobre hojas de periódico en el garaje. Lo miramos. Ella carga una olla, apúrate que tengo que hervir los choclos. Vanessa dice que no quiere comer pepián.

La mano bombea, acerca un fósforo a la hornilla, un estallido y los periódicos se prenden.

Una hoja doble sale volando, la persigo con la mirada, se va chamuscando y un rectángulo con el centro carbonizado y los bordes rojo vivo, piruetea y enfila hacia mí, retrocedo, las noticias se pegan en la unión detrás de la rodilla y tardan en apagarse en mi piel.

La casa de Pueblo Libre lucía esta placa en el garaje:

La vejez comienza cuando los recuerdos pesan más que las ilusiones.

En Santa Clara, en una columna de cemento sin pintar, mandó a inscribir: DAVANKA. Las iniciales de los hijos, por orden de nacimiento, los hijos unidos nombrando la casa. Junto a otra placa:

Dios me dé el doble de lo que tú me deseas.

Me las quedaba contemplando, analizaba su significado. Temía envejecer y la envidia ajena, los hijos y las casas eran ilusión, el futuro que deseaba para ella, temía también irse demasiado atrás con su propia memoria. Necesitaba protegerse con advertencias a la vista de todos, con escritura, una escritura fijada, privada y pública, propia y ajena, pretenciosa y humilde, un rigor a la vez divino y pagano.

En esta casa campestre que nunca tuvo agua (los caños de acero inoxidable no gotearon jamás), mi madre arranca mala hierba, proliferan sin secarse en una hectárea de aridez. Hay que hacerlo desde la raíz, dice, si no crecen otra vez, por eso la frase: Hierba mala nunca muere. Las apila en cinco o seis montículos.

El siguiente fin de semana los encenderá. Los veremos arder, pequeño acto tribal, los cuatro alrededor, ellos fuman y asienten, las colillas atizadas. Sin contarnos historias, silenciosos, arrojo un puñado de sal, atendemos las crepitaciones, los chispazos, las llamas, somos herreros escondiendo los cuchillos.

La radicheta sobrevive. En el mercado intercambiamos diez kilos por cuatro bistecs nervudos. Yo los chanco contra una piedra y los condimento con pimienta y sal, mi padre los pone al fuego con ramas de eucalipto. Labramos, nos embarramos, mi madre es Scarlett O'Hara, su interpretación favorita, juro sobre esta tierra que nunca más volveré a pasar hambre.

El cerco vivo de eucaliptos apretados cuyas ramas silban el viento de noche, su perfume nos vincula, sus sombras, el canto de los grillos antes de dormir y las cuculíes al despertar.

Un domingo nublado mi madre no se despide, no avisa, se va sola a Santa Clara.

Une todos los montículos.

Enlazadas en mecha, las hojas secas alcanzan un eucalipto y lo abrasan y otro y otro, el cerco verde violáceo, rojizo, azul, infernal, iridiscente, y otro y otro, la eclipsa. La pira al cielo, la ignición.

Verlos prenderse uno a uno, lluvia de nieve sucia, carbonizados, mientras un aceite sisea hirviendo desde los troncos a la tierra. No llama a los bomberos.

Plantada sin derretirse al centro de la casa y del calor, Hestia, diosa del hogar y de la lumbre.

¿Tenés un minuto? Alicia me manda un WhatsApp.

Sí.

Vení a la veterinaria, tengo algo para vos.

Yo preparo en una bolsa el viejo chalequito de Mara.

Esto no se lo hago a cualquiera, eh. De su cartera saca una chalina fucsia. La tejí yo misma, es buena lana. Ponétela. Rodea mi cuello. En los extremos tiene dos corazones, fijate, uno es el de Mara, el otro es el tuyo.

Yo traje este chalequito, quizás sirve. Esperá, me dice. Y hace entrar a un perro anciano y a su dueña:

Aquí mi amiga se está quejando de que en otro lado se lo pelaron demasiado y ahora se muere de frío.

Entre las dos suben el perro a la mesa.

¿Y por qué te fuiste a otra veterinaria?, le dice.

Porque ayer no abriste, Alicia.

Era feriado. ¿A vos te parece que también trabaje feriado?

Y me mira como diciendo: Está loca de remate.

No te olvidés del bozal que este es bravo.

Nunca le gustó que lo toque alguien que no sea yo, dice la mujer. Alicia le pone el chalequito. Gruñe.

Bueno, bueno.

Y ataca el cuero del bozal.

Te queda un poco apretado, pero es mejor que estar temblando, ¿no? Le va cerrando los botones.

El animal, a punto de lanzarse.

No te quejés, le dice, malagradecido, a ver si vivís tanto como la perrita de ella.

Vivíamos en Granada. Mi tía Enny; a unas cuadras, en Andalucía, y mi abuela, a la espalda, en Barcelona. Durante los primeros quince o dieciséis años de mi vida estas calles no dijeron España. Fueron nombres independientes para mí.

Granada, una literalidad.

Una bomba de mano.

Una calle a la que nunca llegó el terrorismo, solo por televisión y radio. La pista rota, con baches y agujeros, avanzar por Granada exigía esquivar. Mi padre alguna vez los rellenó. Solíamos ver en las calles y en las carreteras a obreros con palas, velando un hueco capaz de romper la direccional, en un tramo que ellos recién parcharon. Sacudían un balde blanco con monedas.

El mismo balde que mi padre usaba en nuestra cuadra, con el que nos bañábamos, con el que buscábamos agua en el surtidero de enfrente.

El balde vacío de pintura.

La cortaban semana tras semana. La fila de niños y adultos en la cola con un balde similar. Si seguíamos de largo hasta el Parque de la Bandera, la imagen se repetía, familias turnándose la concesión del agua, el goteo, la espera.

No era fiesta ni carnaval, sino la sed.

Junto a la tapa del surtidor, encontré un nombre escrito en el cemento. Tardé años en reconocer la letra de mi hermano, su artística cursiva, en asociarla a él y a su correspondencia desde Italia. Me lo confirmó nuestra madre, al paso, yendo juntas a la casa de la abuela.

Revisitar. Volverse. Devolverse a.

Tenía dieciocho al inscribirse en el recorrido memorioso de nuestra cuadra.

Si alguna vez caminas por la cuadra cuatro de Granada, en la vereda ya transfigurada, su sello permanece legible junto a la tapa del surtidor.

Los ductos invisibles, las raíces que unen todas las casas.

Él también hizo cola con un balde durante la escasez y, aburrido o divertido o secreto, marcó el piso con su índice de dieciocho años. Fue uno de nosotros, una marca de agua.

Escoge los que quieras, dijo mi padre,
y tomé dos bolsas con peces anaranjados que colgaban transparentes,
un chino los vendía en el mercado,
llegamos a casa,
los admiramos en un vaso, mi vaso de tomar la leche,
daban vueltas,
un caleidoscopio, una lavadora,
mi madre llegó, nos vio felices, ¿por qué los trajiste?,
son de mala suerte,
y en mi cara le pidió, destapa el desagüe,
y por donde se iba nuestra mierda salieron también los peces, flotaron un instante anaranjado.
El consuelo de mi padre:
Todas las tuberías de la casa, del barrio, de la ciudad están enlazadas, con suerte encontrarán el mar.

Yo tenía una gallina de juguete que ponía huevos. Apretaba un botoncito, los dejaba caer, los recolectaba y le introducía los huevos de nuevo. ¿Qué fue primero, el huevo o la gallina?, este juguete tampoco lo resolvía. Frente a otros muñecos, como Pipo, que hacía pipí si le daba de tomar agua, o muñecas a las que podía peinarles el pelo enrulado negro, yo no destartalé esta gallina, no la abrí para descubrir qué contenía. Porque lo que tenía dentro lo sabía: seis huevos.

Aprender a usar el inodoro y dejar la bacinica. Mi padre me enseñó a tirar de la cadena. El remolino, ¿qué es eso?, ¿a dónde se va todo?, ¿a dónde?, me pareció de lo más misterioso.

Iba a todas partes con mi gallinita. También al baño. Estando en sus brazos, lancé desde lo alto un huevo al remolino creyendo que me lo devolvería. Se lo tragó. No resurgió. ¿Por dónde sale? ¿Podemos ir a recogerlo?

No.

Le pedí que tirase de nuevo de la cadena.

¿Para qué?

Tú hazlo.

Y lancé llorando la gallina embarazada al centro del remolino feroz. Me la quedé mirando, aferrada a mi padre, hasta que desapareció. Él no podía creerlo. Yo tampoco. Me centrifugó la tristeza nueva del autocastigo.

Volviendo de la primaria, en uno de los semáforos en rojo, una señora vendía merengues. Se los ofreció. ¿Me compras? No. ¡Por favor! No.

La señora surgió a mi lado, se agachó a la altura de mis ojos, me sonrió y me los entregó:

Llévelos, niñita.

Creí que me los estaba regalando.

Tome, dijo mi padre quitándome la bolsa, disculpe. Otro día.

Cómpreselos a la niña.

No, ahora no. La voz tensa.

Se miraron en silencio un largo rato. Mi padre con la mano estirada fuera de la luna. La vendedora cedió y recibió la bolsa. Luz verde. En un gesto veloz, espontáneo, nos lanzó los merengues, cayeron sobre mi falda. Bocinazos detrás nuestro y el Escarabajo partió.

Sin decirnos nada. Yo no supe cómo reaccionar. Los aplasté con las dos manos, los pulvericé, ya no los deseaba. Las cenizas blancas sobre la falda gris.

Los tres habíamos pagado, en el intervalo del rojo al verde, en el ámbar de la tibieza y de la duda, un costo altísimo. No tenía que ver con el dinero. Ninguno de los tres dio un sí rotundo.

Una baranda de madera y fierro protegió las escaleras de nuestra casa.

En la mitad, un avistadero.

En este descanso me sentaba a esperar a mi padre, acuclillada, la vista fija en la puerta. Lo anunciaba el motor del Escarabajo —lo reconozco en cualquier lugar, me condicionó a mirar por la ventana—, bajaba, abría el garaje y se volvía a subir y, en minutos, otra vez, el campaneo de sus llaves.

Yo estaba lista.

Corría las ocho gradas, él giraba, me mostraba la espalda y yo me lanzaba. Con Vanessa decíamos ¡COCODRILO! desde nuestro partidor en el segundo piso, el borde de la escalera, y reptábamos hacia él, golpeándonos la panza escalón tras escalón. Llega cansado de dos trabajos y de cruzar la ciudad manejando, no lo pensé hasta siglos más tarde. Nuestro abrazo y nuestro beso, abarcar su espalda, ser cargada por ella.

Una mañana de domingo lo esperé volver del mercado.

Pasé la cabeza a través de los barrotes de madera del descansillo, estaría más cerca, con una mejor vista. Llegó doblado de bolsas y pidiendo ayuda, no pude ir corriendo. La cabeza se me quedó atorada. Forcejeé. Intenté separarlos con las manos. Nada. Me rasparía.

Un miedo contenido, raro, atrapada, pero tan libre.

Una solución sobrevino en mi mente, una de las primeras tomas de conciencia de haberme salvado, de haber restituido, imaginando.

Imaginé que el colegio venía a mí, con una profesora a domicilio.

Imaginé que me alimentaban allí sentada, una pila de platos y vasos que cambiaban tres veces al día, que Vanessa jugaría conmigo arrodillada a mi lado, que yo leía (una ruma de libros se renovaba una y otra vez), crecía y era alta, imaginé que me casaba, mi vida continuaba con absoluta normalidad, aunque estuviera semiparalizada, cogida del pescuezo.

Si existía El Hombre de la Máscara de Hierro, yo sería la Niña de los Barrotes de Madera. Titulé la ficción que me tomaba, como las estacas a mi cuello.

Esta fue también la primera fantasía de inmovilidad.

Si no puedo salir, me proveerán y por fin solo tendré que leer, leer y escribir, no hay manera de hacer otra cosa, de servir para otra cosa.

Como cuando era oficinista y fantaseaba con sufrir un accidente que me invalidase y enviara a la postración.

Dedicarme a ser, sin culpa.

Mi padre me miró desde abajo, calculó los hechos, sin subir las escaleras ni exaltarse.

Trajo su caja de herramientas y sacó el martillo.

Aléjate.

Martilló con suavidad un extremo del barrote, se habrá desplazado menos de un centímetro.

A ver ahora, prueba.

No creí que funcionase pero mi cabeza zafó al primer intento. Un dolor en la nuca, una punzada. Nada más. Mi padre desapareció en la cocina. Todo lo imaginado, vivir atrapada por mi deseo, el mundo a la altura de mi mundo, se diluyó.

¿Recuerdas cuando se me atoró la cabeza en la escalera?, le pregunté años después, creí que me quedaría así toda la vida. Mi padre no pudo imaginar lo que yo. En concreto me dijo: Si te saqué de inmediato.

Con cuanta dulzura golpeó el barrote, el breve corrimiento de la estructura, casi imperceptible. Dada su voluntad de reparar, esta vez, en extremo cuidadoso, no rompió.

¿Cómo creí que la huida sería en mi propia casa, a medio camino entre la cocina y las habitaciones, a medio camino entre mi cabeza y el resto de mi vida?

Crecimos y la barrera desapareció, dejaron las líneas de fierro y el pasamanos se volvió frío al tacto.

Al pie de la escalera colgaban dos fotos en blanco y negro: las dos hijas, plano busto, la sonrisa de dientes de leche, el mandil del nido José Olaya. ¿Por qué Vanessa está primero? Cuando subes ella está primero. Cuando bajas lo estás tú.

Me acurrucaba entre las gradas en cualquier tristeza. Las saltaba de dos en dos, de tres en tres, de cuatro en cuatro, en cualquier alegría.

Las bajábamos deslizándonos, reptando hacia nuestro padre, fingiéndonos pantano, arenas movedizas, lodazal, ¡cocodrilo!

Las correteaba de subida si mi madre me respiraba detrás con un grito, con el balde de agua caliente, te quemo, sabes que te quemo. Si ganaba la carrera y alcanzaba mi cuarto —le arrancó la llave—, yo sostenía el pomo sin rendirme. Mi vida pegada a la puerta, ¡á-bre-la!, su enojo irradiándose en el resquicio.

La escalera, la médula espinal, el pasadizo verdadero, la cavidad de nuestro llanto, el recoveco de la risa.

Mi medio hermano las bajó para siempre marcando la pared con los dedos:

Algún día les diré qué me hicieron.

Aquí también mi padre reventó ratas con la escoba, lucharon erizadas, de pie, y su sangre se nos hizo familiar.

La última vez bajé las gradas rozando el pasamanos, como una estela de reconocimiento, con certeza táctil, la última vez de todas las veces.

No muevo un lado de la cara. Nunca pude.

El derecho.

Articulo ambos lados al mismo tiempo, pero el derecho, no. No a voluntad. Ni guiñar el ojo, sonreír o hacer muecas.

En las fotos en blanco y negro, el ojo caído es el izquierdo.

Soñador, flojo, triste, somnoliento, a media asta, tierno, impávido, apacible, indefenso. Sin embargo, es el que está en su sitio. El derecho se ve mucho más abierto, dispuesto a abarcar.

Nadie nota la diferencia, esta asimetría, hasta que me piden guiñar los ojos de forma alternada. Hay risas.

¿Cómo que no puedes, no estarás fingiendo?

No puedo.

Vivía en una habitación en un edificio de La Victoria y era el conserje.

Repartía notificaciones escritas a máquina. Cobranzas coactivas por pagos atrasados de luz, agua e impuestos. Le consultaban cómo podían hacer, los pasos para ponerse al día o eludir los arbitrios. Dejó de enseñar en el ICPNA y la Escuela Naval por límite de edad, lo jubilaron de un día para el otro y pasó de profesor y secretario a abogado.

Mamá lo botó de la casa. Sin anuncio. Regresó del trabajo tarde a la noche, introdujo su llave y la chapa era otra. Confusión. Mi llave no funciona, ¿me abres? No te voy a abrir nunca más. Ella rezando, Dios mío, que se vaya y no vuelva.

Pero yo estaba con él. Y me dijo:

Pasa, si quieres. Solo tú.

Entré.

El Escarabajo partió, el motor tan querido. Yo no volteé a mirar.

Quédate con su cuarto, si quieres.

¿Te vas a llevar tus cosas de su armario?

Claro que no.

Eso fue todo.

Por primera vez dejé de dormir con Vanessa.

El techo de la habitación que había sido de mi medio hermano y luego de mi padre y que tenía ropa y zapatos de mi madre, estaba manchado de amarillo, como de enfermo del hígado. Me subí a una silla y pasé mis dedos. El pintor no consiguió borrarla con cinco capas de blanco conejo. Resurgía nítida, obstinada, amarilla; la pared sufría de cirrosis, cada cigarro se adentró en el estuco.

Ese cuarto nunca fue mío.

Apestaba a mi padre. El olor descendía del techo, me irritaba la nariz y me hacía extrañarlo menos.

Tocó nuestra puerta.

¿Qué te pasó?

Me dio un aire.

El lado derecho de la cara como arrastrado por el viento, rezumándose. Y más flaco, deshuesado.

¿Desde cuándo estás así?

Desde hace tres días.

El domingo estabas bien.

Sí. Es de ahorita.

Se le escurrían las bebidas de la boca y el habla también se le chorreaba. Fuimos juntos al hospital. Le recetaron vitamina B y ejercicios. Sorber con cañita, miraba el vaso o la taza, suspiraba de hambre, sin poder pasar cerveza, sopa, papillas.

Quien nunca se enfermaba, no admitía líquidos. Su cara, vaciada; él, secado.

Te pasa por vivir en un basural, le dijo mi madre. Y le alcanzó las pastillas. Tómatelas.

Recuperó los gestos conocidos, la cara de fumador, las hondas arrugas verticales de la nicotina.

Mi lado derecho sigue estancado, una parálisis sin parálisis, necesita del izquierdo para moverse.

A los catorce comencé a notar el sobreesfuerzo de mis padres y a sentirme mal de pedirles propina. Como parecía mayor, conseguí trabajo de acomodadora en un cine. Cuando todos ocupaban su lugar, me sentaba, una espectadora más, con la linterna apagada sobre las piernas. Mi ingreso al mundo laboral, otra ficción. Uno de mis trabajos favoritos.

A los dieciséis repartí vinchas y volantes de una telenovela en el peaje a las playas del sur.

A los diecisiete vendí champú, desodorantes y jabones para el acné en dos centros comerciales y en un supermercado. Piel normal a grasa. Perseguía señoras: ¿Sabe cómo puede mejorar su cutis? Tengo lo que necesita para controlar la caspa. Ocho horas de pie, sin acceso a una silla. Revisiones humillantes en la caseta de vigilancia luego de cada turno.

A esa edad también fui anfitriona en el Kentucky Fried Chicken de Plaza San Miguel, el local de la cadena más frecuentado de todo el Perú, vendemos noventa y cinco mil piezas de pollo al mes, dijeron. Repartía sachets de mayonesa, mostaza y kétchup, limpiaba las mesas y el piso, echaba desodorante en aerosol en los tachos y abría y cerraba las puertas a cada cliente. Medio tiempo de seis horas diarias, con un día de descanso: unos setenta dólares mensuales. Tuve problemas con una jefa. Me descubrió regalando a los lavacarros del estacionamiento la comida que sobraba:

Si les pasa algo es nuestra culpa.

Pero nos hicieron vender las presas que se maceraban ya tres días en el congelador. Pasada la fecha límite, al cortarlas se veían amarillo fosforescente, con las venas hinchadas y moradas. Si alguien se queja, se las cambias y punto. El local recibiría supervisión internacional, no podíamos guardar tanto pollo sin venderse. A encajarlo, incluso malogrado.

Una noche nos ofrecieron quedarnos a limpiar apenas terminado nuestro turno, durante toda la madrugada, a cambio de un walkman. El soborno ideal para nuestra generación. Limpiar cada una de las mesas, me demostraron cómo hacerlo.

Por arriba: frotar con desengrasante y quitar de una vez por todas las manchas de tinta. La manteca traspasaba las cajitas de cartón tatuando en la fórmica la marca de la empresa que las hacía.

Por abajo: surcar los bordes con mondadientes, hasta desaparecer los pegotes de grasa negra.

El jefe que abría el local chequeó mi trabajo hurgando bajo las mesas con un palito de fósforos. Oiga, debí decirle, soy hija de mi madre, ¡claro que sé limpiar obsesivamente!

Me doblé en dos, salté de cuclillas de mesa en mesa. Nunca me dieron el walkman.

Mi padre adoraba el pollo frito y me esperaba a la salida en el Escarabajo. Me hacía juego de luces. Le compartía mi ración apenas subía, arrancábamos los pellejos crocantes, goteaba la grasa sobre las servilletas. Y ¿cómo estuvo hoy? ¿Conseguiste por fin la receta secreta?

Trabajé en un banco ofreciendo tarjetas de crédito y préstamos por teléfono. Recibía hojas con nombres, direcciones y teléfonos de los clientes históricos o los prospectos. Marcarlos uno por uno, manipular, casi rogar. En FonoSolución ganábamos comisiones por logro de cuotas (tachaba a quienes me decían que no y escribía:

PIDIÓ NO INSISTIR. Mi madre era acosada a diario por los bancos). Turno completo de lunes a sábado.

El día que me enseñarían a bloquear las tarjetas por pérdida o robo —un ascenso, digamos—, me llamaron de un canal de televisión por cable. Había entregado mi currículo hacía ocho meses. Un noticiero 24 horas, el único que se resistía a la dictadura fujimorista que compraba políticos, canales, radios, diarios y periodistas. Me querían entrevistar para practicante. Este canal vivía encendido en el televisor de nuestra cocina. Quizás me contratarían con el tiempo. Resultaría prestigioso haberme iniciado en el periodismo en un medio confiable, podría sentirme tranquila de no haber pactado con el mal.

Sueldo mínimo. En el banco ganaría el triple bloqueando tarjetas. No lo dudé un segundo y renuncié por teléfono. Tenía veintitrés.

Comenzaron mis distancias largas en bicicleta, el entrenamiento diario en la hostilidad.

Al año exacto de conseguir mi primer trabajo en planilla, pude invitarlos de vacaciones, el único viaje al que fuimos los tres, la única invitación que aceptaron. Vanessa hacía un doctorado en Bélgica, becada en un Instituto de Medicina Tropical.

Alguna vez fueron viajeros por separado, alguna vez. Eran seres de entrecasa.

A Máncora por siete días. Solo yo conocía.

En el segundo piso del bus, en primera fila, las luces contrarias nos cegaban, todos los buses venían con su embestida alevosa a 120 kilómetros por hora. Asientos sofá-cama, cómodos y espaciosos, pudimos dormir algo. Dieciocho horas de carretera. Las tres veces que nos detuvimos, en vez de ir al baño, bajaron corriendo a fumar.

Nos hospedamos en un hostal famélico al pie de la playa, repleto de mochileros y surfistas. La piscina, un pozo con el tamaño de diez bateas. Pese a su escasa profundidad, a la hora que llegamos se ahogaba un niño. Lo subían morado a una mototaxi, se gritaba cuál posta estaría abierta: ninguna.

Pedí las llaves y los conduje apurada a nuestra habitación. Tenía las tres camas y un ventilador de techo y un baño.

No necesitamos más, dijo mi padre.

Mi madre buscaba algo. ¿Lo vieron? ¿Qué cosa? El teléfono para llamar a recepción.

No hay, dije. Tienes que ir.

Hay que insistir que cambien las sábanas. Destapó una cama. Ven, Alberto, y dime: Aquí han tirado anoche, ¿o me equivoco?

Encendimos el ventilador de techo y acordamos no apagarlo. Alejaría el calor y los zancudos.

Afuera, al costado de la puerta, una mesa contra la pared, con tres sillas y un cenicero. Sin haberlo acordado, las movimos para que mirasen hacia otras habitaciones y no a la piscina.

Esto es todo lo que necesitamos, dijo él.

Una sombrilla, dijo ella. Más tarde nos robamos una. Allá están.

Nos cambiamos y pusimos las ropas de baño. Odio los polos, dijo él, no tienen bolsillo y dónde carajos pongo las cajetillas. Nos untamos protector solar. Nos sentamos, encendieron otro cigarro y miraron dentro de sí mismos, caras de no saber qué hacer con el tiempo libre. Yo miré de reojo la piscina a tajo abierto, las reposeras amarillentas y el letrero: colchonetas a disposición, S/. 10 el día.

Un motor respiraba hondo detrás de nosotros. ¿Qué es eso?, pregunté, ¿es el ventilador que saldrá volando?

Se miraron pícaros y divertidos.

Tu mamá cuando quiere es muy inteligente, dijo él levantándose. Cuando quiere. Y entró a la habitación.

Ya vas a ver, dijo ella.

Salió con dos tazas de café, dejó una frente a mi madre: Sírvase, señora.

¡Qué calor!, y me abaniqué con la mano.

Estás mal, dijo él, los beduinos en el desierto, ¿qué crees que toman para templarse por dentro?

Café, respondió mi madre por mí.

Iba a decir que no estábamos en el desierto. Me di cuenta de que tenían razón.

Me traje el hervidor eléctrico, las tazas y el café instantáneo. Y tu papá trajo cigarros para los dos así que tenemos de todo. Se frotó las manos.

Él: Y qué bien estuvimos. Quién sabe cuánto tendríamos que caminar por un café y ya no estamos para esos trotes.

Yo: Me imagino que también se acordaron de traer gorras y lentes de sol.

Él: No tengo. No quiero. No me gustan.

Mi madre dijo tranquilo, yo te presto, flaco.

En la playa alquilamos una sombrilla, nos echamos en las toallas y dijimos que ojalá Vanessa estuviera aquí con nosotros.

Ella se lo pierde, dijo mi madre. ¿Quién la manda estudiar tanto? A mí no salió.

A mí tampoco, dijo mi padre.

La arena quemaba. Corrimos al agua.

Esto es otra cosa, dijo él.

Qué calentita, deliciosa. Pero yo me quedo aquí nomás que me dan mucho miedo las olas, dijo ella. No sé cuándo pasó, yo antes no era maricona. Se sumergió hasta la cadera y se levantó, los lentes se le resbalaron de la cabeza y anclaron en su nariz.

Desde esta mañana, desde que vimos al niño que sacaban ahogado, pensé.

No hay olas, dije. ¿Qué olas? Es una taza.

Él se puso bocarriba: Me voy a hacer el muertito. Cerró los ojos y flotó, sonreía amodorrado, los brazos largos tan abiertos, las aspas de un molino. El agua humedeciéndole los bigotes. Toma los lentes, Albertito. Y nadó hacia él y se los acomodó entre las orejas. Un muertito sonriente con lentes de sol. Mi madre volvió nadando hacia mí:

Creo que me voy a mojar el pelo.

¿En serio?

No estoy segura. Solo digo que quizás lo haga.

Se tapó la nariz, una bocanada exagerada, se zambulló, los rulos se borraron y quedó lacia. Muy bella, pese a que su boca dejó escapar un salivazo. La baba se fundió con el verde del mar.

Te queda lindo el pelo así también.

Me miró raro y no dijo nada, como si no me creyera.

Nadamos un buen rato, nos lanzamos agua a la cara, el cielo cada vez más rosado, ella dijo que si nos picaba una malagua debíamos orinarnos encima y le respondimos a la vez: ¡Aquí no hay malaguas!

Volvimos a las toallas, pasó un heladero, ¿tiene Glacial? Comíamos los helados —lúcuma, algarrobina, fresa— cuando notamos el alboroto. Grupos de niños se abrieron reverenciales y pudimos ver.

Ruido a nuestras espaldas, cinco hombres corriendo desde el malecón, solo llevaban bermudas, en sus torsos tostados saltaban collares con cuentas de spondylus, levantaban arena a su paso, salpicaron nuestras toallas y mi madre dijo no hay respeto.

Una tortuga gigante salía del agua. El caparazón resplandeciente, esmaltado, la cara seria, un paso detrás del otro. Es una chelonia mydas, dije. ¿Las que investiga Vanessa? Sí.

Entre los cinco la cargaron y corrieron paralelos a la costa. Los perdimos de vista.

A la noche paseamos por el malecón, mi madre y yo con vestidos de flores y, mi padre, la camisa abierta y el pecho raquítico. Morenos, agotados, atontados, ojos rojos de sal.

Visitamos las artesanías. Quiero unos aretes chiquitos, dijo ella. Para este huequito, se me salió en el agua. Me mostró los agujeros de la oreja izquierda, le faltaba arete al tercero. No hay de oro, dije, solo plata. No importa, contestó, también me gusta la plata.

Detrás de un puesto, de rodillas en el muro, un hombre trabajaba escarbando con una cuchara de acero. En un caparazón. Notó que lo mirábamos, atornillados.

Todavía falta, dijo. Mañana vienen y les tengo billeteras, cartucheras, puntas para zapato. ¿El caballero usa lentes? Monturas de carey les tengo.

Se pusieron delante de mí, me tomaron de las manos: No veas, hijita. Volvamos al hotel.

Fumaron en silencio afuera de la habitación.

Sentada junto a ellos, comencé un cuento. Jalé mi silla a otro lado, el humo me alcanzaba igual. Supe que ese cuento estaría dentro de un libro. Uno de los dos preparó café y compartió su taza conmigo. Supe que escribiría mi primer libro. El título del libro apareció en mi cabeza: Un accidente llamado familia. Se los dediqué.

Sus últimos años vieron series policiales y de misterio en un pequeño televisor en la cocina de mi madre. *El fugitivo, Columbo, Cagney y Lacey, Hunter, La reportera del crimen, 24, Monk*. Durante la postración, miraban fijo el canal policial, a todo volumen. La vida real, incluso si contenía recreaciones. Ateridos por las dinámicas de la persecución, el arresto, el llanto, el insulto y los disparos. En la inmovilidad propia, beber las endorfinas, la adrenalina, la evasión, algún escape indemne.

El hijo mayor de la tía Enny les prestaba discos piratas. A cambio, recibían su basura, la amontonaban con la de ellos y la mía en el garaje y la llevaban a reciclar.

Les pedí que recogieran mis zapatos viejos. Los que sigo usando los dejaré bajo mi cama. Sacaron los zapatos bajo la cama, los descuartizaron y embolsaron.

El Escarabajo cargaba cartones, botellas, vidrios, latas. En una bolsa aparte, las pilas y los cables. Este nuevo oficio les permitió reciclarse. Desde que vimos juntos *Una verdad incómoda*, el documental de Al Gore sobre el cambio climático, salvar el mundo dependía de ellos.

La primera película familiar en el cine: *Blancanieves.*

Estacionamos frente al Alhambra (convertido en casino, mantiene el nombre), cruzamos la pista, una hija en la mano de la madre, otra en la del padre.

Acariciando las paredes yo entré, las recubría un paño rojo. Butacas rojas. Compraron chocolate y canchita.

Queríamos vernos iguales a ellos y les habíamos pedido relojes. Las horas los perseguían, no estaban de adorno, profesor y secretaria. En nosotras, sí, utilería.

Quedaba libre solo la primera fila y me senté junto a mi padre.

El movimiento del color me deslumbró. La pantalla, la cosa más grande que tuve enfrente y me tragó entera. Abrí el chocolate apenas la cinta comenzó a correr, pegué la pasta al paladar y saboreé, sin masticar, haciéndolo durar todo lo posible, en mi boca, no un chocolate de diario, un chicle con centro explosivo.

A cada rato giraba hacia él:

¿Cuánto falta para que termine?

Recién comenzó.

¿Cuánto falta para que termine?

Mucho.

¿Cuánto falta?

Todavía.

¿Cuánto?

No falta nada. Ten paciencia.

No, susurré, no quiero que se termine nunca.

Salí de la película catatónica, en estado de omnipoten-
cia, recargada de vida, yo también, dibujo animado. Un
atravesamiento sobrenatural. Cantaría aunque no supiera
cantar, construiría mi casa del bosque en la cúpula de
un sauce llorón, solo la bruja y nadie más que la bruja
comería la manzana envenenada y patatús. Yo se la daría.

En el colegio tuve una amiga, Maritza, cuyo padre era
dueño de un cine, el San Felipe. Le conté que íbamos
seguido, quedaba cerca de casa. Me regaló un vale doble,
sin fecha de vencimiento.

El San Felipe cerró y se convirtió en sede de la Iglesia
Cristiana Apostólica Pentecostal.

Tres películas vimos solos en el cine con mi padre:
Batman, Mujer soltera busca y *Pantaleón y las visitadoras.*

Bostezaba fuerte sin cubrirse y se contagiaba de risa
al escuchar las risas ajenas. De él, la costumbre de ocupar
la butaca que da al pasillo, para estirar las piernas o ir al
baño o escapar.

Apenas salíamos, si pasábamos junto a una fila grande,
uno de los dos, muy alto:

Todo lo que quieras, pero ¿por qué tenían que matarlo?

Dieciocho.

La mayoría de edad.

La edad en que

mi madre dio vueltas de campana y su cara inauguró un respingo altanero, de frente parecía de perfil,

mi medio hermano grabó su nombre en el cemento fresco de nuestra cuadra,

volví a Pucusana, a otra turbiedad, y cuando en casa giré en la bicicleta estacionaria, mi madre se sobregiró y la embargaron,

las horas de viaje a Máncora, mis padres desesperados por fumar, yo escuchando música en los audífonos, sentada entre ellos, contemplando filas de algarrobos en la carretera.

Dieciocho.

Los días que mi padre tardó en morir.

Cayó enfermo un 12 de septiembre.

Cinco llamadas perdidas en el celular. Yo estaba en el circo, en la función de *Alegría*, con el celular en silencio.

¿Qué quieres?

Tu padre se ha caído y no se puede levantar. Es cáncer. Soy bruja y lo sé.

¿Cómo que se ha caído?

Necesito que vengas y lo recojas porque yo no puedo.

Acabó la función y me fui a casa. Creí que mi madre exageraba. Al día siguiente, los visité temprano. Estaba recién operada de una fractura de cadera. Un coágulo le atravesó el corazón. Me llamó de madrugada. Pequeño pero pudo ser mortal. Las dos únicas noticias en sus llamados siempre urgentes que resultaron ciertas.

Sentado en el sofá, despedía olor a urea.

¿Qué tienes?

Se alzó la camisa. Me mostró unas protuberancias en el pecho y en la espalda, círculos perfectos.

¿Desde cuándo…?

Desde hace unos tres meses.

No dijiste nada.

No.

¿Te hiciste ver?

Fui al reumatólogo y me mandó radiografías. Dice que es la artritis.

No sé nada de medicina. Los ganglios estaban inflamados, duros y venenosos como pelotas de golf.

Hay que ser idiota, venir a morirse de cáncer a estas alturas, dijo mi madre.

Lo que sea que tiene, ya es tarde. Ha fumado toda su vida. El doctor.

Apenas internado ya no podía caminar. Me dieron la factura. Y fui a la recepción y los acusé de estafa:

Mi padre entró caminando y caminando se va a ir.

Grado IV. Origen primario: el estómago.

La cara enflaquecida, le raspaba alimentarse, un dentista le limó la dentadura postiza. Me dieron una lista de comidas posibles con la palabra lácteos tachada.

En el cuaderno, en vez de un diario, cada gasto. La enfermedad se comía a mi padre y mis ahorros. Mi hermana estaba bajo tratamiento psiquiátrico, lo pagaba su esposo.

Y cada día, una decadencia. Esto es ver morir. No el instante en que las manos frías se desprenden. Que te pida algo, se lo alcances, no consuele. Lo que se apaga. El tránsito entre los sólidos y las papillas, las escaras pese a la piel de cordero.

Mirar a través de las pústulas y confirmar que los órganos, que los tejidos, que la sangre, y también verlo llevarse a la boca el cisne relleno de crema pastelera que se comía de postre, un ojo mágico que me hiciera ver a los hermanos de mi padre y a los abuelos que no conocí, ellos sin enterarse, verlo lanzarse y desplegar su paracaídas a diez mil pies, aterrizar cerca del tanque en el permafrost de Alaska, verlo a la entrada de su casa en Baltimore, carga a Beto en el timón del Oldsmobile azul, se ríe de sus morisquetas, algún día le enseñará a manejar, esperan a Irene, un domingo mucho antes de divorciarse el 19 de febrero de 1965.

El retroceso a una infantilidad sin gateo. No pisará. Ni con muletas. Del lenguaje al balbuceo, del balbuceo al quejido.

Los ojos pardos, brillantes y apagados, punzados por alfileres, mirándome ámbar.

Las últimas palabras, dichas bajo el agua, desde los alveolos sin pasar por la tráquea y la garganta o submarinas. Gracias por todo, Alexandra. Y la enfermera disculpándolo, desde este momento está desvariando, no ha querido decir lo que ha dicho.

Al pie de la cama, mi madre:

Alberto, tienes que luchar. Por toda la pasión que hemos vivido tú y yo, tienes que recuperarte.

Yo:

Mamá, creo que necesita descansar, debe estar agotado.

Ella, giro teatral:

¡Vete, Alberto, vete!

Pudoroso, nunca lo vi desnudo.

En mi sala, en la cama clínica que me prestó un amigo, con la bata abierta, nos miraba a Vanessa y a mí, un mírenme, esto también soy. Se iba secando, los ríos de venas más notorios en su entramado y afluentes, un territorio visto desde el espacio. Le pusimos un pañal, dejamos de ser hijas, tampoco era nuestro bebé. Un padre muriente. O ya un espectro.

En el trabajo me dieron dos semanas de licencia.

Conseguí dos enfermeras.

Al Hospital Nacional de Enfermedades Neoplásicas, apenas entré, lo comprendí, el Perú muere de cáncer. La ambulancia lo cargaba con las puertas abiertas, el tronco de un molino, una cabeza que todavía pensaba y dos infinitos brazos segadores.

Quiero el periódico.

Necesito papel higiénico.

Tengo hambre.

¿Cuánto tiempo más voy a estar acá? No voy a comer eso aunque me muera. Diles que me dejen pasar.

Esperábamos por una cama. Me senté en el suelo.

El médico de guardia:

Levántate, eres muy joven.

Me iba a levantar. Me quedé.

Nueve horas más tarde, le dieron una cama en una habitación con el letrero: No visitas. Junto a otros dos pacientes que ya no podían alimentarse por sí mismos, los platos de comida intactos en las mesitas auxiliares.

No soy imbécil. Sé lo que tengo.

Como mi padre estaba inválido, escaseaba personal médico y no podíamos ingresar, pregunté si sus enfermeras serían de ayuda. Las aceptaron.

Una visita sorpresa: Georgelina, la madre de Tabatha, llegó manejando la misma vieja moto. Estacionó sonriente, polo y short, en un tiempo detenido, cómo la amé. Extrajo un paquete aplastado del cuadro de la Dax que duplicó su volumen, provisiones de papel higiénico y galletas de agua. Mi amiga vivía desde hacía once años en Florida. No nos olvidó.

Fumé mucho, debimos irnos de viaje.
   No importa.
   Me da mucha pena no haber hecho nunca lo que quise.
   ¿Y qué querías hacer, papá?
   No lo sé.

Esperaba solo en el Escarabajo. Nos llevó a misa todos los domingos de mi infancia, a pedido de mi madre.

Voy a rezar para que te vaya bien, me dijo en la puerta del colegio antes de un examen de matemática. En medio de la prueba me ataqué de risa, si era ateo.

En nuestra adolescencia, bajo el toque de queda, nos dejaba en los quinceañeros entre 5 y 10 p. m. Daba vueltas o estacionaba vigilante. Una de esas tardes, llamaron a la policía acusándolo de merodear. Mi padre, un sospechoso. Durante los años de terrorismo, llovían denuncias de unos contra otros, cualquier extraño que se quedara cinco minutos de más en un lugar recibía un patrullero.

En punto nos recogía. Nos esperaba en la puerta, mi madre lo enviaba con los chales de lana que nos había tejido la abuela hacía diez años, para que no nos diera un aire. Antes de saludarnos, nos ponía los chales en los hombros, recién cuando los anudábamos alrededor de nuestros cuellos se quedaba tranquilo. Regresábamos a casa en hora.

Quiero ver a mi hijo, ha pasado mucho tiempo.
   Quise decirle: Estamos vivas. Beto, no. ¿Y nosotras?

No dije nada.

Entendí su contradicción, creer en ningún dios y ansiar durante cuarenta y siete años el reencuentro. Esta iba a ser su única plegaria. Además yo también soy católica de avión. Rezo al despegar, en las turbulencias y al aterrizar.

Él miraba hacia la luz que ingresaba por el ventanal, como una planta. A diferencia de las plantas que saben transformar todo en alimento, expandirse sin moverse, y cuya vida vegetativa no se interrumpe, luego de tres días de internamiento:

Mejor que se vaya a tu casa.

¿Cuánta morfina compramos?

Puede ser para un mes o para un año.

Y compramos para un año.

Alexandra, recordé en sueños casi una década después, es el nombre que quiso para mí cuando me vio nacer. Me gusta mi nombre ruso tomado de un personaje secundario de *Doctor Zhivago,* su película favorita.

Tal vez se nace con los ojos abiertos. Tal vez se muere así también.

Los ojos color granadilla, color canica en las cuencas de un cocodrilo disecado, saltones como un reloj de pulsera al caer una bomba, 10.30 de la mañana del 30 de septiembre de 2010, corrí a la calle esperando que el universo todo entero hubiese parado, el vendedor de sandías gritaba anunciándolas por altoparlante, el camión de bomberos parchaba su llanta en el antejardín, una vecina caminaba hacia el kiosco de enfrente, nubes aisladas cruzaban el cielo, y nada se detuvo.

Mi madre también habló bajo el agua.

La voz amniótica originada en sus pulmones subió a la superficie.

A los tres años y dos meses; cáncer. Grado: IV. Origen primario: los riñones.

Tampoco se lo ocultamos.

Bajamos su cama al primer piso. Y en la sala que solo podíamos transitar frotando el parqué con una chompa o un calzón, improvisamos una guardia de urgencias, catéteres, morfina, balón de oxígeno. Una a una, tres enfermeras renunciaron a cuidarla, tu mamá es muy difícil.

Me voy a morir, dijo.

Todos nos estamos muriendo, respondí.

Sonreía, los ojos llorosos, el azul marino encrestándose.

Le conseguí una silla de ruedas, cruzamos el parque y tomamos café. En todos lados: Es usted muy guapa, señora.

Sentada en un banquito junto a la ventana, yo de pie sacándole con pinza cada pelo de la barbilla, a partir de los cuarenta ya lo verás, tu mejor amiga se llamará pinza, pásame el espejo, ¿cómo dices que ya está?, acá quedan unos pelos negros, ¡quítalos!

Echadas juntas en la cama, vimos el final de una telenovela brasilera, la protagonista se parece a ti. Pude ver los parecidos.

Me da pena dejarte tan chica. Yo tenía cincuenta y dos años cuando mi mamá murió.

No te preocupes.

¿Vas a cuidarte con tu hermana, me prometes? Mírame a los ojos y prométemelo.

Sí. Nos vamos a cuidar mucho.

Me da tanta pena que ninguna me dio un nieto.

También tienes un hijo.

Sí.

¿No vas a despedirte de él?

No. No puedo.

Ya le envié un correo contándole.

¿Por qué?

Porque es su derecho saberlo.

Ojalá hubiera hecho todo lo que quería hacer. Ahora es tarde.

¿Y qué querías hacer, mamá?

No lo sé. Ojalá lo hubiera sabido.

Yéndome de la habitación, en el umbral de la puerta que alguna vez yo fisuré de una patada, dice mi nombre.

Volteo.

Si te hice algo, perdóname.

Estoy pensando qué responder. Me agarra fría. No te preocupes, quiero decirle, no importa. Sigo aturdida, encajando lo contrario a un golpe. Ahora que por fin va a morirse necesita mi absolución.

Al segundo:

Pero tú también me tienes que pedir perdón a mí.

Me voy flotando en sus palabras, han sido enunciadas, la boca manchada de sangre y repasada de inmediato con el puño, se han quedado en el aire y yo, como si este aire, de una atmósfera irrespirable, de otro planeta.

Durante la morfina, invocó a su madre, pareció reconocer a Magaly, escuchó a las monjas con las que rezaba el Rosario los martes (sin mirarme a los ojos preguntaron si podía regalarles cuando se pueda, hijita, un adorno de porcelana: la última cena).

Vanessa le dijo:

Mamá, tienes que ponerte bien para ir otra vez a La Punta.

Brincó en la cama, sus ojos estallaron y enloquecida de felicidad: ¡La Punta! ¡La Punta! Su único despertar.

Nos reímos.

Dormíamos en el segundo piso mi hermana, mi cuñado, mi mejor amiga y yo. La enfermera nos avisó a las cuatro de la madrugada. Cinco de noviembre de 2013.

Corrimos escaleras abajo.

Descreída, soy la primera en agarrar la mano vegetal. ¿Cómo es posible, si hierba mala nunca?

Se ve plácida, la cara no se ha dislocado.

No logro pegarla a mi cuerpo, moldearla, devolverla a la posición en que nació.

Tiene los ojos y la boca cerrados.

No bajé sus párpados, como a mi padre.

Mis retinas no conservan la mirada de hielo.

No voy a nadar desnuda en esas aguas a contracorriente nunca más no me lavaré no me acunaré no voy a zambullirme ni se me reventarán los tímpanos no voy a intentar tocar el fondo abriendo los ojos a la sal no bregaré contra el remolino sin boquear ni dar volantines no pienso varar no contendré la respiración no pescaré no me atrapará la red de arrastre el mar de placenta no me hundiré al lecho abisal no seré isla atolón acantilado branquias lluvia plancton mapa costa no seré tu faro no me ahogarás

La madre más antigua jamás encontrada es el pez vertebrado Materpiscis attenboroughi. Prueba asimismo la primera reproducción sexual. Tiene trescientos ochenta millones de años. Lo descubrieron los paleontólogos australianos John Long y Kate Trinajstic. El fósil conserva a la madre y, dentro de ella, al embrión con el cordón umbilical indemne. El pez murió dando a luz.

El delineado azul permanente en el párpado móvil, maquillada, también para este día. Escogemos la ropa con Vanessa, necesito que esté en mi color favorito, el de sus ojos. La enfermera me ayuda a vestirla. Cafarena y pantalón azul marino y mocasines. Los pantalones los mandaba a hacer al sastre del barrio. ¿Esto le hubiera gustado? Supongo que sí. La escarmeno. El pelo lacio, bien teñido de rubio hasta las raíces, tironeo y no hay queja, pelo de muñeca. La perfumo con su colonia de limón de diario, no con las gotas que sobran de su Chanel de las ocasiones especiales, la desprendo del capricho, me parece exagerado. Que el perfume no se apeste con las flores del velorio. Le dejamos los cinco aretes puestos, tres de una oreja y dos de la otra, gotas de un dorado de fantasía, despiden un halo.

Las manos artríticas cruzadas sobre el pecho.

Las manos que cascabelearon el alfabeto; meses sin lograr escribir la lista de compras ni firmar, la letra corrida que yo había imitado inútilmente se dislocó, se pareció a la mía, imprenta ilegible.

Las manos que me tocaron.

Primer diccionario. Primer silabario. A mi madre, la taquígrafa, dominaba el arte secreto de escribir rápido, la resumimos secretamente para nosotras.

Uniformada, casi. Arreglada al vuelo, digna y rigurosa, algo suyo hace dudar sobre si es de verdad o no, a la altura de sí misma.

Pido un velatorio con vista al mar.

Debajo nuestro, las olas.

Un silencio azul.

Todo es azul.

Ingresa de cabeza y al final los pies.

Lo último que veo de mi madre en el fuego, los pies, las uñas bien limadas y pintadas de rojo. Nos devuelven los mocasines marrones de gamuza. Viene a mí el olor a pie. Las huellas profundas y el desgaste en los almohadones, el calco de cada dedo en las plantillas, las suelas debilitadas del caminar sobre cemento.

Una arenilla cae al piso, blanca, son los restos del talco. Sus zapatos siguen vivos.

La lengua Proto-Indo-Europea (PIE) es la posible madre de todas las lenguas. La primera palabra en ser reconocida como parte de PIE fue madre.

Cada noche, entre mis dos y tres años, crucé a su habitación y me colé entre ellos. En el marco de su puerta colgaba un calendario perpetuo, de plástico rojo, con la inscripción:

Amor de madre, ternura sin medida.

Me hacían lugar, sin expulsarme nunca, desenredaban sus piernas, suspiraban y se ladeaban. Creaban para mí un precioso centro de calor.

Dos años más tarde, cada uno tendría su propio cuarto.

Yo no sabía qué espalda mirar, mis manos los tocaban un poco a los dos. Aunque roncaran y estuviera a merced de bramidos no humanos, desaparecían brujas, cuco (el cuco es solo uno) y fantasmas.

Apenas fijaba mis ojos en las vetas del parqué o en los relieves de una loseta, descubría caras y figuras monstruosas. Cuanto más las miraba, más avanzaban terroríficas. Encontrarlas y completarlas tenía también otro cariz. Me calmaban cuando las cosas se ponían siniestras, porque no existían antes de que yo las hubiera creado. Volvía cualquier día a buscarlas, seguían en el mismo lugar, creciendo conmigo en la misma casa.

En la madrugada, la voz dormida de mi madre:

Alberto, tengo sed.

Se levantaba sin negativas, como un sonámbulo, y bajaba a la cocina por agua. Subía con dos vasos largos de plástico, azul y rojo. Lo esperaban servidos a partes iguales, tapados con una servilleta de papel, enfriándose cerca de la tetera. La hervían poco antes de irse a dormir, para tener agua potable a primera hora.

El ritual compartido implicaba que los dos se despertaran. Que ella anunciara su sed. Que él la saciara.

Yo admiraba estos vasos, iridiscentes pese a la oscuridad, mi padre sabía moverse en ella, no encendía luces, escuchaba sus chancletas golpearle los talones, clip clap, aplaudiendo su esfuerzo, clip clap, la desenvoltura ciega. Un ritmo hundido en mi memoria, como el motor del Escarabajo.

Me despertaba y seguía en silencio el viaje del agua, me creían durmiendo a pata suelta.

Mi padre apoyaba el vaso rojo en la mesa de noche de mi madre, junto a su cajetilla de cigarros y sus pastillas. Ella estiraba un brazo por fuera de la sábana, los ruleros rosados resurgían, olas fantásticas, y se devolvían a la almohada.

Él bebía del azul, lo dejaba junto a sus cigarros, y se acostaba de nuevo.

Roncaban de inmediato. En vez de agua, anestesia.

Yo no sabía qué espalda mirar, trataba de tocarlos un poco a los dos. No tenían idea de la importancia del contacto, me adentraba confiada al reino de los sueños.

Seis en punto.

El despertador nunca timbraba dos veces. Saltaban a la primera. La casa, un ente vivo, ropa, desayuno, mochilas, cartera, maletín, disciplina.

Sin decirse una palabra, sentados al borde de la cama, dándose la espalda, las cabezas gachas, ella en camisón, él con pantalón de pijama, se pasaban el encendedor sin voltearse, sus manos se unían en el aire. El primero del día. El primero de todos. Fumaban la misma marca. Aspiraban hondo, las cavidades pulmonares hinchándose, adentro, muy adentro.

El humo danzaba sobre mí, la nube cargada de tormenta.

Para cuando lo veía arremolinarse y chocar sobre mi cabeza, ya se habían levantado.

Me tomó dos años volver. Mi cuñado se la prestó a su mejor amigo.

Las macetas del garaje, antes exuberantes, tenía buena mano, las flores de estación duraban todas las estaciones, recubiertas de polvo. La jardinera agrietada. No las regó.

Su vida repartida en cajas en la sala, prestas a una mudanza.

Vestidos y abrigos sin edad. Pelucas, moños y extensiones rubias. Zapatos desgastados y los que nunca estrenó, algunos talla 37. Calzaba 38. ¿Esperaba que algún día se le achicaran los pies? Menaje de diario y el fino que solo lucimos con las visitas, los cumpleaños y las Navidades. Repisas desarmadas. Llaves de antiguas cerraduras en llaveros que habíamos dado por perdidos, figuras de porcelana, varias con las puntas quiñadas y recuperadas con Moldimix.

Una caja tenía mi nombre, temblorosa caligrafía azul.

Repleta de sus libros y nuestros primeros diccionarios, enciclopedias, álbumes ilustrados y cómics. Y la bolsa de tela de comprar pan con todas las tarjetas por el Día de la Madre que le dediqué de chica. Ordenadas cronológicamente, terminaban a mis doce años.

Dibujos de casas con un jardín que no tuvimos y nosotros, los cuatro.

Los personajes se diferenciaban por. Mi madre por un batido de rulos y una máquina de escribir, mi padre por una raya negra bajo la nariz y una pizarra detrás suyo, mi hermana y yo, ella tres cabezas más alta, con los vestidos pares y nuestras frutas favoritas en las manos.

Textos de amor desbordado:

Gracias por darme la vida.

Eres la mejor mamá del mundo.

Mamá, eres la paz.

Las iba leyendo una a una, sin recordar mis palabras o mi letra.

En varias descubrí que ella les escribió debajo. Las respondió antes de que su letra se bifurcara. Las respondió con preguntas:

¿Por qué eres así? ¿Cuándo cambiaste? ¿Cuándo dejaste de quererme?

Me reí con tanta fuerza que el amigo de mi cuñado me trajo un vaso de agua.

Antes de irme, revisé las plantas del garaje. Rebusqué entre las macetas por si alguna rescatable. Unos brotes verdes de un tipo de planta grasa, un tallito ralo que debió aprovechar la garúa y la exposición directa al sol.

Lo trasplanté y acomodé en el ventanal de mi sala, junto a otras macetas igual de pequeñas. Lo circundan en fila india. Quise saber su nombre y escribí cactus + exterior en la computadora. Lo encontré en un artículo de decoración titulado:

Las diez plantas de interior que sobrevivirán.

Pilar, mi vecina, tiene las llaves y riega mis plantas una vez por semana. Se le secaron los geranios. No la culpo, les falta luz, es un departamento sin balcón ni terraza. Me manda fotos cada dos meses, no tengo buena mano, se disculpa. El tallito sigue creciendo, ya roza el suelo.

Una tarde salí al patio al regresar del colegio y no entendí lo que se erigía sobre mi cabeza.

¿Qué es eso?

Un invernadero.

Mi madre mandó instalar cuadrados de fierro que el herrero abandonó incompletos, porque se pelearon.

¿Sacaste la idea de una revista?

No, no. De mi cabeza, pero le dije exactamente cómo lo quería.

Sin bocetar un plano, ni pedir un tipo de estructura desmontable. En vez de honrar la vida de las plantas con similar ligereza, lo fijo, lo soldado a fuego.

En la jardinera no teníamos flores ni hortalizas de estación. Sí plantas grasas, geranios, un arbusto cuyo nombre olvidé y helechos. Rociábamos las hojas y las flores con agua al atardecer, removíamos la tierra y la fertilizábamos. Me enseñó a no regar con sol, a devolver las lombrices a sus macetas, éramos las únicas que nos dedicábamos, nos alternábamos sin ponernos de acuerdo, los turnos tácitos. Hoy riego yo.

Mejor hubiera sido mantener el estado de las cosas, consentir la resolana perpetua, el único clima que percibíamos en Lima por esa época, sin mediación.

¿Te gusta?

No respondí.

Dime algo.

Si graniza algún día. O si baja la temperatura a diez grados…

Las plantas no necesitaban un invernadero. Seguir techando, construir otra casa dentro de la casa, un refugio sin nosotros, su jardín secreto e inexpugnable. No sabía cómo reclamarlo para sí. En vez de escapar —una salida posible— continuaba cercándose, quimera de un techo adicional y ajedrezado, revistiendo las áreas comunes de peligro.

Una jardinera que opacó su propia creación, una católica que obstruyó su propia vista del cielo.

Nuestra habitación en el segundo piso, recién clausurada, y este armazón mal hecho, a la altura de nuestra ventana. Cómo asomarnos ahora, cómo acceder al mundo más próximo.

Las lunas, superpuestas de manera precaria o ausentes, un salpicado de vidrio y vacío. La sensación de claustrofobia, de ambiente ineludible. ¿Por dónde escaparemos en caso de incendio, si hay terremoto?, dijo Vanessa. Yo: ¿Por dónde escaparemos de ella algún día?

El techo de vidrio, lente cenital que amplificaba el paisaje de nuestra felicidad y nuestra tristeza, el pequeño patio al que salían a fumar y a pelearse, el cuadrado más grande donde mi hermana y yo robábamos destellos de sol.

Una cubierta por la que no se deslizarían enredaderas, plantones de maracuyá, vides, pero sí rejas.

El diseño de interiores, otro estallido.

En el baño del segundo piso empotró dos espejos más. Uno a una altura inalcanzable, un metro por encima del inodoro (si querías verte, te subías a la tapa solo a confirmar tu distorsión). Y otro encima del espejo de tres puertas ya existente. Todos eran botiquines taponeados de medicamentos —muchos vencidos hacía años— y maquillaje (además del rímel y del delineador azul eléctrico, adoraba los labiales rojos y las sombras doradas) y cremas antiedad. Ninguno reflejaba bien, ninguno formaba un espejo completo. O te reducían o magnificaban, iluminando una percepción subjetiva. Podías ver los poros abiertos de tu nariz desde distintos ángulos.

Visitar este baño producía el mismo efecto de extrañeza sobre el cuerpo que el laberinto de espejos de un parque de diversiones.

¿Te gustan?, me preguntó.

¿Qué quieres que te diga?

Apenas tenía algo de dinero, el despilfarro. También trajo a casa un juego de mesas de mármol, pero sin reemplazar el anterior. Y tres palmeras cocoteras falsas a escala real que conseguimos ingresar horizontales y olvidamos en un rincón de la azotea en su posición de recién taladas.

Pero dime, ¿qué te parecen?

Le dije que tenía el buen gusto de un narcotraficante.

La embriaguez arquitectónica iba y venía y el derroche duró lo que un embargo.

Mandó construir una ducha de mayólicas frente a la cocina. Las mayólicas tenían frascos de miel en alto relieve con la etiqueta: MIEL. Su idea de darle continuidad a la cocina. Lavábamos los platos mirándola. Dijo que para enjuagarnos los pies al volver de la playa. Pero si no vamos más a la playa. De inmediato convertida en despensa, con una cortina con motivos florales como velo, guardó rollos de papel higiénico, latas de leche, cajas con periódicos viejos, escobas, ollas sin tapas ni mangos.

Mi padre no se resistió a las intervenciones baratas ni a los delirios de grandeza. No le pedían opinión antes, durante, después. Cualquier oposición sobraba, la conocía muy bien, se cansaba mucho antes de intentarlo. Esta es mi casa, ¿entiendes?, mi casa. Lo más cercano a un testigo mudo. Un limpiador, no un par.

Cuando la compraron, el patio había sido un jardincito de césped. Ella no lo soportó, dijo que atraía ratas y cucarachas, y lo cubrió de losetas anaranjadas.

Unos años después mandó incrustar la jardinera en forma de S, con borde de ladrillos, cuya forma caprichosa y desmoldada destrabó el verde que no sabíamos que añorábamos. Y ella consiguió ese intermedio entre terracita y parcela que pareció tranquilizarla por un tiempo.

En un jardín pasó frente a mis ojos una araña transportando una avispa. La escuché zumbar enfurecida, la vi batallar y zafarse. Se lo comenté al jardinero. Es al revés, dijo:

La avispa pica a la araña, le siembra sus huevos y la suelta apenas lo hace. La araña ya está muerta y no lo sabe.

Mis abuelas tenían nombres de flores.

La palestina que migró a Arequipa se llamaba Hortensia.

La italiana que migró a Lima, Margherita.

A Hortensia no la conocí. Murió de un infarto masivo en la orilla del mar de Mollendo. Acababa de salvar a dos de sus nietos que se ahogaban. Había estado postrada durante diecisiete años. A mi padre, el último de doce hijos, lo concibió en la parálisis. Volvió a caminar con la penicilina. De su tiempo en cama mi madre culpaba a esta abuela: por ella mi padre se jubiló de una vida de pie dictando clases todo el día y pasó a desear estar acostado siempre. Eres el hijo de una inválida, no lo olvides. Ella no lo olvidaba. Quizás por eso no soportaba verme echada o no se permitía la siesta, permanecer horizontal, como los animales heridos, solo para morir.

Rita ya era una anciana cuando nací. Pelo corto lacio blanco. Bastón de madera y taco de jebe. El bastón entraba antes que ella, la precedía, el rengueo arcaico. Falda negra, un cuadrado con forma de saco o un saco cuadrado, hasta las pantorrillas, chompa marrón de hilo. Hablaba un español italianizado, muy cadencioso. Junto con el lenguaje de la ropa y la cojera, su manera de hablar también la trajeaba.

En su casa, en la vitrina de los vasos, las tacitas y las copas, alineaba fotos familiares detrás del vidrio. De los sepias y los grises, del blanco y negro, al color. Las intercambiaba o las renovaba. Daba urticaria el acercarse —la claridad de un rechazo— y era lo primero que todos hacíamos, los mayores y los menores, la ilusión de figurar, de ser exhibidos, de ser parte del recuento, de encajar. Las cotejábamos a nuestro propio ritmo, de visita privada a una galería.

Yo nunca le preguntaba por estas fotos.

Conformar su álbum caprichoso y efímero.

Siempre éramos alguno de nosotros. Hijos. Nietos. La descendencia. Nos coleccionaba, como si nuestro árbol genealógico recién hubiera comenzado con ella, con su nacimiento en febrero de 1901.

Entre mis primos, un día, la foto de una mujer en ropa de baño, abrazando a dos niños de pantalones cortos; el pecho contento y bronceado.

Juntas frente a la vitrina, le pregunto:

¿Y estos quiénes son?

Mandé a revelar el rollo y vinieron con las otras fotos. Y me encantó.

¿Los conoces?

No. Pero es lindo que todos se estén riendo.

Ah. Mi abuela codiciaba la risa ajena, el verano de los otros, el espíritu de la vacación, a la madre joven y a los chicos púberes. No solo había guardado la foto, la expuso, como si fueran de los nuestros, en un altar tamaño jumbo, más familiares que su propia familia. ¿Qué felicidad en ellos que en nosotros no? ¿Por qué la de estos extraños, si nosotros también sabíamos mostrar los dientes?

Un desconocido para mí, pero con mi apellido materno, un pianista de Pinzolo, el pueblo natal de mis abuelos, me escribió por Facebook: ¿Me ayudas a completar la rama de la familia que migró y vive en Sudamérica? Hay un escritor pero no es tu pariente, dijo también.

Me envió el diseño de una línea temporal plagada de sorpresas y deserción. No figuraba el primer marido italiano de mi madre, pero sí los nombres de las hermanas de mi abuelo, de las que nunca escuché hablar: Virginia y Emma Clarice. Solo conocí al tío Angelo, el hermano, le decíamos Ángel, migraron juntos al Perú. Sentenció: La rama de tu familia comenzó en 1730.

No me interesa completar este árbol genealógico, por mí que siga abierto.

De haber tenido un hijo, este nombre: Florián. El que abarca todas las flores. Termina en tilde, en lo alto, flores en lo alto de un cerro.

Nombre de mujer también pensé. Vera me encantaba. Pero comencé a leerlo: Ver a. Y ya basta de ver.

Basta.

Hasta hoy no regreso a la habitación de mi padre en La Victoria.

Oscura y mal ventilada, sin una sola planta, olía a Terokal, a macilla, a humedad de tubería expuesta, a pegamento, aceite recalentado, humo.

A diferencia de mi madre, él no decoraba, no sufría de miedo al silencio, la soledad o al vacío. Pero tampoco ordenaba, casi no limpiaba. Sobres y cartas desparramados en la mesa, sartenes pegoteadas en el lavabo, ropa descosida y vieja sobre el colchón en el suelo, una refrigeradora de cuarta mano cuyo motor tosía.

El edificio es tan problemático que mi hermana rechazó la herencia. Le dejé un poder cuando me vine a Buenos Aires y me enteré por casualidad en Registros Públicos de que su nombre no acompañaba el mío.

Secretario póstumo, dejó órdenes de pago firmadas mes a mes a los arrendatarios hasta diciembre de 2013. No tienen por qué saber que me he muerto, si falta la autoridad, se van a hacer los locos.

Se enteraron de su muerte el mismo día de su muerte, los papeles se invalidaron y los tiré a la basura.

Un primo hermano que recién conocí se la arrienda a un hilador. Es ahora una pequeña fábrica de telas. En el edificio no lo quieren, dicen que no soluciona los entuertos, que desaloja, que no escucha.

El cigarro contra la piel y la pretina.

Tomé la mano de mi madre entre las mías.

El fuego escalaba rápido. Tras el incendio, la rabia menguaba, satisfechos de haberla vaciado.

Tomé la mano de mi padre entre las mías.

Se pasaban el encendedor sin voltearse, se unían en el aire. El primero del día, el primero de todos. Fumaban la misma marca, adentro, muy adentro.

Sus derechas tenían algo en común, las huellas de los dedos índice y medio tiznadas de amarillo alquitrán.

Conserva sus formas, me dije, no te puedes olvidar cómo son, memoricé los nudos y las articulaciones, los colores, el grosor de las venas y el largo de las uñas, los lunares, las pecas y las manchas de sol, las arrugas, los poros, los senderos incompletos de las palmas, las líneas hondas y las rayas estrechas, su peso y su liviandad.

De niña las recosté sobre una hoja cuadriculada y delineé sus contornos.

Maggie Nelson: «Estoy escribiendo todo esto con tinta azul, para recordar que todas las palabras, no solo algunas, están escritas con agua».

Los dedos que me habían soltado, convertidos en dibujo sin despegarse del papel, un relieve exagerado, como si yo misma hubiera contorneado mitones en vez de manos.

Dedos gruesos, las antiguas huellas de mi cuaderno, nutridos de medicina y enfermedad, equiparados.

Escuché al escritor italiano Erri de Luca decir de su propia boca:

Desde mi infancia en el golfo de Nápoles supe que vivía rodeado de una belleza mortífera.

Puedo entenderlo. La reconstrucción sobre escombros volcánicos, crecer en una caldera, nadar, surcar, pescar con caña y anzuelo, enamorarse, y saber que algún día, otra vez, el Etna.

Aunque vivamos lejos del mar, de espaldas al mar, los limeños guardamos un saber olfativo: la inmanencia de su olor, de la humedad y la brisa.

Una imagen que influye al migrar, la primera que vislumbras desde el aire al volver. Si aterrizas de día al vaivén de las barcas, el descenso sobre Lima se apetece bicolor, siempre marrón, siempre azul. De noche, los tenues faroles de las barcas salpican el corazón de contento.

Recorro el malecón en bicicleta, algunas zonas de la vereda y la ciclobanda están cerradas por hundimiento, un doble cerco plastificado amarillo y anaranjado, alerta de zona peligrosa y de hombres trabajando.

Las rellenan y alisan y olvidamos.

Pedaleando esta inmensidad insoportable, pienso en la consistencia de los acantilados, en su porosidad, en las grietas carcomidas por las filtraciones, el goteo incesante, el revestir de hierba, como un manto de algas, el aprovechamiento de la garúa, los deslizamientos, las cuevas

en que locos y perseguidos no se ocultan más, solo aves
sobreacostumbradas.

¿Cuánto peso pueden soportar y por cuánto tiempo?

Construir al filo del territorio endeble, verlo venir,
la vida desmoronándose al mar en tajadas, la vida
destajándose.

Mi ciudad sin lluvia, mi ciudad-temblor, se inunda o
incendia.

Mi nueva ciudad es un cielo dramático,
   —¿por cuánto tiempo será nueva para mí y yo lo seré
para ella? ¿cuándo; viejas conocidas que se
 dejan transformar por sus secretos?—,
me preguntan direcciones,
pido perdón por estar perdida,
perdón.
Hoy llueve,
atravesamos la ciudad,
me muestras tus paisajes favoritos,
tu padre te cedió la bicicleta, te soltó cuesta abajo,
arrancó las ruedas auxiliares, sin advertirte, el
descenso a tu adultez,
truenan los nombres de cinco hijos,
al perro le dijeron
los nombres de tus hermanos,
y a tus hermanos, el nombre del perro.
Mi hermana mató mis plantas, ¿qué te
puedo decir?
Los primeros lirios se abren en la costanera,
no sé si el perfume viene de ellos, dices.
Santa Rita o buganvilias,
las nombramos diferente,
su desprendimiento asomado,

una orquídea bocabajo,
a la sombra de un sauce, qué resiste,
dónde nace el brote que la alimenta y sacia.
Te gustan las casas con ventanales.
He soñado la casa de tus sueños.
Soy la vecina que espía al muchacho,
carga una maceta hacia el techo del edificio,
cuidar una planta y olvidarla al sol,
crudo sol,
en fotosíntesis.
Hoy llueve.
La tormenta abre la escotilla de la torre en la azotea,
cabría apenas una mano adulta,
algo igual de insignificante,
la torre,
un submarino anclado por error
en un octavo piso,
fíjate, la maceta marinera se ondea,
trémulas las hojas,
sin que la reclames.
Aquí en el subsuelo, la inundación ha llegado,
esta es la línea de flotación.

Duermo sobre el lado derecho, el izquierdo me punza.

No soporto más y voy al doctor.

Me toca y concluye: No es artrosis, el dolor no está irradiado, es muy puntual. Me hacen de inmediato una radiografía. Me pide una resonancia magnética y me deriva al especialista en cadera.

Mi madre tenía artrosis, le inyectaban cemento entre las vértebras, usaba corsé. Le heredé la tiroiditis autoinmune. La artrosis no es autoinmune, sí la artritis. Sus manos, juego de sombras deformes contra una pared blanca.

He leído el informe de la resonancia, leo buscando esta palabra: Normal.

Normal. Voy tranquila a la cita.

El especialista dice: ¿Quién hizo el informe? No puedo creer que no lo haya visto pero yo sí. Vení, acercate, acá está. Debe ser apenas tres años mayor que yo. La luz blanca contra la radiografía lo ilumina pelirrojo y risueño. ¿Ves esta zona? Te rompiste el labrum y sos muy joven para eso.

Me vuelvo a sentar. Estoy en short, me miro las piernas y luego a él. Tengo tal cara de extrañeza:

Se lo rompen los deportistas de alto rendimiento, las karatecas, las futbolistas, los bailarines. Parece que no es tu caso.

No.

Me he caído de chica.

No.

Dejé que una osteópata me manipulara el coxis.

No.

Tengo escoliosis.

Tampoco.

Me operaron del cuello.

Nada de eso. Solo hay una razón para esta fractura. Y es por el crecimiento.

¿Qué crecimiento? ¿El de la infancia o? ¿Dices que…?

Me mira, sonríe y me manda a hacer rehabilitación. Para ver cómo evolucionás. Luego conversaremos de una artroscopia. Entraremos con una camarita, limaremos el cartílago y vas a quedar como nueva.

Camino a casa dichosa, pese a la mala noticia.

Crezco.

He crecido.

Estoy creciendo.

Dame el brazo, vamos a sedarte y te pondremos pesos en los pies. ¿Te operaron antes?

Sí.

¿Con anestesia general?

Varias veces.

Le pregunto al anestesiólogo si la anestesia es general.

No.

¿No?

Si lo que querés saber es si vas a despertarte en medio de la cirugía o si vas a sentir que maniobramos, la respuesta es no.

Gracias.

¿Tomás pastillas para dormir?

No. Duermo bien hasta en las peores circunstancias.

Qué envidia.

Fémur, labrum, acetábulo. La cadera está envuelta de palabras bonitas y extrañas, dichas de corrido suenan a conjuro. Un enfermero en cada empeine. Los vendan, les amarran un lastre, no los distingo:

Siento que me van a lanzar al mar como a Houdini.

La sala se detiene. Los enfermeros. El doctor y el anestesiólogo:

Y como hicieron acá en la última dictadura.

Sí, sí, perdón la referencia. No quise…

Veo en tus estudios que tenés escoliosis.

Sí.

Inclinate. A ver, muchachos. Un poco más. Más.

Es pronunciada, ¿cómo hacemos con la epidural?

Pies de plomo y droga raquídea, estallo de risa, viene a mí el nombre del bar frente al hospital: D'alta. Iré al bar apenas salga: Deme un cortado con Tramadol.

La iniciación a la anestesia siempre me hace reír aunque al volver de la noche inducida desee llorar.

Es 17 de octubre, cumpleaños de Vanessa.

Justo antes de internarme, le envié un ramo de flores. Tardé horas comparando los arreglos de las florerías. Elegí «Pensamientos de primavera» y rellené una tarjeta. Sabía que su esposo no le daría nada. Lorenzo le dijo: Mamá, es tu cumpleaños, ¿qué me vas a regalar?

Vanessa me escribió un mensaje: Gracias por tu cálido presente. Y me pasó una foto sosteniéndolas. Sonríe, tiene ojeras profundas y nuevas patas de gallo. Ni una sola cana. Todavía no se tiñe el pelo, no heredó la genética de mi madre. Viste una chompa de pajaritos y un pañuelo con cebras diminutas, acompañados por las flores gritan primavera. Posa orgullosa, como si las hubiera sembrado, injertado y tomado de su propio jardín.

Reconozco esa sonrisa.

En nuestras fotos sonríe así cuando me abraza, como a una hermana menor.

Mientras se recuperaba, les presté mi casa y me mudé a lo de una amiga. Mató mis plantas, ni los cactus más fuertes se salvaron, se olvidó de regarlas. Ni una sola vez lo hizo. ¿Qué clase de bióloga eres?, le reclamé. Una que mata las plantas, dijo. Pudo regarlas él, pero le robaba cada mañana de su dosis de pastillas y vivía igual de aletargado.

No puedo creer que ya sean cuarenta y cinco, le digo. ¡Yo tampoco! El canasto —imita un cajón de frutas— lo usaré de maceta. Claro, buena idea.

Supe que su esposo plantaría, si recordaba su existencia, anturios rojos, y los sacaría a la semisombra del balcón. Todo el balcón está poblado de anturios rojos, el vivero se ha reproducido y Lorenzo no se asoma.

Vanessa me pregunta si recuerdo que a mamá también la operaron de la cadera.

Lo de ella fue mucho más grave. Esto no es grave.

¿Cuándo vas a poder caminar?

Ya puedo.

¿Estás usando muletas?

Son por seguridad, nada más. Me prestaron unas y son bastante chicas, así que no las estoy usando pero trato de pisar firme.

Me cuenta que justo acaban de volver, repitieron el mismo trayecto de todas las tardes, al faro ida y vuelta. Caminar es todo lo que quería, dice, es el mejor regalo. No hay cumpleaños sin torta, les dijo Lorenzo. Y se detuvieron en la pastelería de siempre, en la esquina a tres cuadras de su casa, y compró pie de limón, el postre que a ellos más les gusta.

Dario me escribe un correo con el título: Quería avisarte.

Hace una semana lo operaron de la rodilla derecha. Está haciendo fisioterapia: Me han roto un pedazo de la tibia y del fémur, porque tengo artrosis.

Yo no le avisé de mi cirugía. Hermanados por las circunstancias hasta los huesos.

El edificio junto a la torre donde trabajo, con rejas espaciadas que revelan patios y jardines que alguien siempre está barriendo. Salimos del estacionamiento de la torre en el carro de una amiga. Es la hora del almuerzo.

Miran hacia arriba, bomberos, vecinos, policías, celulares.

Aceleró:

Si quiere hacerlo, que lo haga. Vamos a comer. Olvídalo.

Mientras masticaba su pizza, pensé en Mara que me esperaba, como cada noche, para ir al parque; en la piscina, iría a nadar, como cada noche, para recuperar mi espalda; en el cuento que acababa de terminar y que enviaría más tarde, esa misma noche, a un editor.

Por un rato logré olvidarlo.

El noticiero habló en vivo y en directo en el restaurante. Desde el televisor, un acercamiento al ventanal. El hombre vestido con ropa de trabajo, la cara hacia la calle, gesto neutro, sin espera ni conmoción, unos cincuenta años. Las sandalias en invierno, las sandalias para sostenerse en el vacío, eso era lo insoportable. Dos bomberos se descolgaron desde el techo y lo volcaron al interior del departamento.

La misma cámara que registró una vida en el instante en que era salvada a la fuerza, habría capturado el salto y todos lo hubiéramos visto.

El gato se cree pájaro.

Me explico: puede quedarse suspendido al borde del mundo.

Pero hoy. Dios mío.

Encaramado al piso siete, su espalda caía, lancé el grito más rotundo.

(No debes gritar así, lo asustás, me asustás, controlate).

Se atrae de vuelta.

Maúlla, le mastico un pedazo de carne, le ofrezco mi plato,

por primera vez conmigo en la mesa.

Recuesta la cabeza en mi mano, sería tan fácil. Nos miramos a los ojos. A parpadear, ninguno se atreve. Comemos.

Ahora que estamos solos, le digo.

Y me da la espalda toda entera.

Ahora que estamos solos,

y sabe lo que voy a decirle:

Ese grito no era para ti.

Voy al cajero en una avenida a dos cuadras de casa, con Mara de la correa. Nos saludamos con los vigilantes, una zona bancaria, a veces salen a nuestro encuentro y le hablan y acarician.

A mi regreso, a los cinco minutos, apenas sobrepaso la fachada del banco, un disparo.

Me arrojo al suelo, ¿es una balacera?, en esta misma cuadra asesinaron a un cambista hace un año y prohibieron vender dólares en la calle. Me cubro la cabeza y arrastro a Mara hacia mí.

Arturo, el vigilante del Banco Financiero, yace con un brazo detrás de la espalda y una pierna doblada.

Tardo en comprender.

No hay sangre en el piso.

El arma no está por ninguna parte.

Alguien baja del edificio saltando las escaleras: ¡Se ha tirado! Policías municipales en bicicletas surgen de inmediato. Y una camioneta. Forran el cuerpo con un toldo verde y arman una barricada de bicicletas.

Los bomberos:

¿Quién lo ha tapado?

Discusiones.

Todavía está vivo.

Me acerco y señalo a uno que acusa a otro:

Él fue.

Ya no hay nada que hacer.

Si está respirando no lo puedes cubrir.

¿Quién se lo lleva, tú o yo?

Policías y bomberos comparten un miedo, la posible acusación de los familiares, estaba vivo y ahora está muerto y le han robado todas sus cosas.

Me piden mi declaración, soy la única testigo.

¿Dónde está el arma?, pregunto.

Bajo su espalda, dice un bombero. Es muy pequeña, casi de juguete.

El municipal que lo cubrió con el toldo verde se me acerca, sin que lo pida:

En su celular hay varias llamadas a un mismo número.

Vuelvo a casa.

Abro la puerta y me varo. Gritos de mujeres se cuelan. ¿La viuda? ¿Las hijas? No enciendo el televisor, no pongo música, no comparo los ecos, no hago nada de nada.

La viuda, las hijas.

Estremecen todo, sacuden mis piernas, un movimiento telúrico imparable, si excede los tres minutos es cataclismo.

Un muchacho visita el mismo acantilado durante una semana, se asoma al borde, el acantilado le habla, lo nombra. Al instante de lanzarse se arrepiente. El texto comienza con su entierro, los amigos conversan y puede escucharlos, incrédulo de su propia muerte.

Este primer cuento que escribí, a los dieciséis, lo titulé: La última palabra.

A mano, de corrido, entre el Día de la Madre y el Día del Padre.

En ambas fechas pelearon con encono autodestructivo. Lo releí, me pareció pésimo, revelador, lo aplasté y lancé al tacho. Enojada de haber encontrado alivio en la escritura, el azar me arrebataría o no los papeles. Que fueran a limpiar y los botaran, o también, la ilusión de ser leída y entendida.

Si no los rompí fue por contingencia. Nadie los encontró, los recuperé.

Retomar el goce de mover la mano y ver cómo eso germinaba, el pasaje de transfiguración. Si mi protagonista deseó morir, yo me liberé pensando en la salida mental de mi propia muerte. ¿De qué deserté a través de la escritura o hacia qué me lancé?

A los embriones con fallas genéticas los llaman: No aptos para la vida.

Mi padre lo pensó. Cuando murió mi hijo quise matarme pero no las habría tenido a ustedes. Mireya diciéndome: Se peleó con tu madre. Se arrepintió porque vio por el espejo retrovisor que tú ibas sentada detrás.

Ella lo intentó, tomó pastillas, durante mi padre, antes de nosotras.

Sin tener fallas genéticas, ellos lo sabían, nosotras lo sabíamos, no estaban aptos para la vida. Sobredosis diaria de cigarros, café, amarguras, acidez. Pero la eligieron rotundamente.

Lo presenté en el colegio a un concurso de cuentos.

Lo rechazaron, me enviaron a la psicóloga, me hablaron de existencialismo, no hicieron preguntas sobre mi otra vida, la que sucedía en casa.

Comprendo la anticipación, este primer cuento escrito veintisiete años atrás, el primero de todos, cuyo título equivale a una verdad: los suicidas te quitan la palabra y se quedan con la última.

Quisiera ser como tú,
sacar media vida
por la ventana y tomar las blusas,
los pantalones, los calzoncillos,
los secadores,
colocarlos bocabajo por las pretinas,
con las mangas sacudiéndose y exigiendo en voz alta
algo que no llegamos a traducir.
Te has quitado los lentes,
miras el vacío con perfecta visión,
la ropa habita todavía
ausencias insoportables,
la terca vista al suelo,
cuando llueve y casi derrapan, un cuarto gancho,

un pellizco malintencionado,
si el ascensor en que viajas
cae en picada,
recuéstate en el piso y por dios,
no reces,
la fuerza de aplastamiento
se distribuirá y la física
quizás te salve o no, ayer
nadie vio cómo la toalla salió
volando, giró,
discreta, silenciosa,
tardó el mismo tiempo en caer
que un cuerpo.
No.
No ser como tú.
Quisiera ser la ropa tarareando
al sol de otoño,
esperando sin vértigo
su descuelgue.

Manejaba bien, siempre y cuando en línea recta. No renegaba. Si no encontrábamos la dirección, ¿era esta la salida?, atentas, ¿cuál es, cuál es?, nos proponía un plan afín, bueno, parece que hoy nos vamos a tomar helados o bajamos un ratito a La Herradura, ¿qué dicen?

Compró su brevete. En este documento era dos años menor. Le pedían el brevete y la libreta electoral, notaban la diferencia entre las fechas de nacimiento:

¿A cuál le creemos, señora?

A la que usted quiera, jefecito.

No sabía estacionar ni sacar el auto marcha atrás. Muchas veces mi padre se bajó del auto a dirigirla. Más, más. A la derecha, te digo. Recula. Te estoy diciendo que recules (identifiqué el juego sexual en el uso puntual de esta palabra). Mi madre se reía. Él: ¿Pero no estás viendo? Yo me volteaba a mirarlo. En uno de estos retrocesos, le pasó la llanta por encima. Estuvo casi un mes con el pie enyesado.

Me quisiste matar.

¿Quién sabe?, pero al menos ese hongo te lo rematé para siempre.

Una tarde mi madre le dijo:

Te espero acá a que saques el carro.

Calentó el motor y comenzó a retroceder con cuidado. Ella fumaba. El tubo de escape se le pegó a la pierna, le tatuó una aureola. ¿Estás ciego? ¿Qué te pasa? Mi venganza, bromeó. Echando el humo lejos, ella:

Vamos a terminar como en *La guerra de los Roses*, solo necesitamos comprar una lámpara más alta.

Aunque nunca lo practicasen: Si alguien retrocede, escúchenme bien, no se pongan nunca detrás. Atentas.

Viven muy lejos de sus amigas del colegio, nos decían. Hubo tardes en que no llegamos a las fiestas ni a los cumpleaños. A mitad de la ruta, la frustración. Mi padre frenaba en seco, volteaba hacia nosotras: ¡¿Tienen la dirección exacta?! Le mostrábamos el papelito, la repetíamos en voz alta, turnándonos o coreándola. Tampoco sabíamos dónde.

Apretaba los labios, tironeaba el bigote:

¡Hasta aquí! ¡Se acabó! ¡Hoy no hay fiesta! ¡No hay!

Si llorábamos, lo convencíamos. Nos miraba por el espejo retrovisor, golpeaba el timón y aceleraba. Yo ayudaba a preguntar las direcciones, a detectar quién sería amable y paciente. A él. Pregúntale a él:

Señor, buenas tardes, ¿sabe usted dónde...?

Eran ellas las que vivían lejos de nosotras. Ninguna vino a visitarme.

Pasaba tanto tiempo manejando que voy sin peajes al timón en sus manos. Ponía un casete de Pavarotti a todo volumen y ondeaba los brazos por fuera de la luna.

Bigote, cigarrillo, Escarabajo, ópera. La secuencia completa, el carro, tanque y barco, la pesadilla y la ilusión.

De chicas, un truco. Soltaba el timón y continuaba recto cinco cuadras, sin recuperarlo, sin derrapar. ¿Están viendo, no? ¡Es magia! Sus dedos largos bailaban sobre nosotras, lanzaban una lluvia de escarcha, mirábamos el techo, embobadas, ¡magia!

A través de cinco cuadras eternas, mi padre, el profesor, el abogado, el sospechoso, el secretario, el chofer y, también, el mago.

No vayas a venderlo, aprende a manejar y quédate con él. Promételo.

Te lo prometo.

¿De verdad? No me mientas.

Te lo juro.

A las dos semanas de su muerte, alcé la guantera del Escarabajo y un aroma acaramelado, a perfume de auto.

Seis cajas de chicles sabor piña. Para mí.

Las compró al por mayor, las guardó, sucesión intestada, y la dosis: una por mes. Mi dealer de golosinas me conocía bien, me traficó adicciones de infancia.

Junto a ellas, una bolsa azul. Rompo el nudo y me ataranta el vaho a nicotina. Cajetillas de cigarros, tan baratos que ni siquiera indican junto a la foto de los pulmones destruidos: Fumar es perjudicial para la salud. Los rebano con tijera y los boto alternando basureros de la calle.

Reservas de chicle para medio año. Los mastiqué uno detrás del otro, los envolví en su papel platina apenas perdieron intensidad, a los dos minutos. El olor llegó a marearme y dejé de comerlos. Los regalé pasada la fecha de vencimiento.

Ella vendió el Escarabajo sin previo aviso.

Filtró un sobre blanco con un hola y mi nombre por debajo de la puerta.

La escritura de una secretaria de gerencia de toda la vida puede regodearse, transcribió y firmó papeles importantes.

Adentro, solo la tercera parte de lo que me correspondía y una tarjetita escrita en cursiva, con plumón grueso:

Jódete

Como quien apunta en cajas de fósforos, sin dejar espacios libres de grafía, a mi madre el silencio le costaba. El silencio le anunciaba el fin del mundo.

Le temía tanto que hablaba dormida.

Dime cualquier cosa, lo que quieras, pero háblame, me reclamaba al teléfono o apenas nos veíamos.

Encendía la radio, el televisor, recibía visitas no deseadas, le decía naderías a cualquiera por la calle, interrumpía diálogos ajenos.

Para verla, yo cruzaba cinco distritos en bicicleta a toda velocidad:

¿Por qué llegas, te recuestas y no me hablas?

En esta confluencia, en la saturación de ecos, su naturaleza insaciable, receptividad para la escucha, bajo sus condiciones. Si buscaba hablarle de algo doloroso, familiar o personal, algo nuestro, pensarlo juntas:

¿Por qué quieres hablar de eso, si ya pasó, si no fue nada? Dios santo. ¿Me vas a venir a decir a mí que eso te arruinó la vida?

Esperé otras palabras que no llegaron, nos hubieran concedido la metamorfosis de ser y no ser nosotras.

En el cine conversaba durante toda la película, le susurraban que se callara. Señalando la pantalla, decía en voz alta, casi un grito:

Pero si se están besando, si no están hablando. Y murmuraba algo sobre la intolerancia de la gente.

Autorizándose al ruido, su boca, una acústica propia, omnipotentes ella y el ruido, lo copaba, lo banalizaba.

He bebido de su miedo que es un miedo insondable a la soledad. Cuando estoy nerviosa, interrumpo, acaparo, oigo la mitad. No escucho.

Durante nuestra adolescencia se fue tres veces.

Se mudó a un cuarto en un chifa.

Yo me cambié a su habitación y por primera vez llevé a seis amigas a dormir a casa. Ciento ocho figuras religiosas rodeándonos. Cruces, estampitas, íconos, cuadros de la Virgen y del Señor de la Misericordia, el Rosario bendecido por Juan XXIII. Las tenía contadas. A mis amigas de la parroquia les pareció increíble el santuario. Toda la noche conversamos apretujadas sobre la alfombra marfil.

Se llevó la cama matrimonial, la mesa de noche y su cómoda. La cómoda no entró, esperaba por ella en el pasillo al aire libre, en el chifa la aprovechaban de apoyaplatos.

Impulsividad y desespero sin conciencia espacial. Si no recojo el comedor es para que Vanessa haga sus tareas.

Llamó un domingo.

Le dije que estábamos a punto de almorzar.

¿Quién cocinó?

Mi papá.

¿Qué hizo?

Lasaña.

A los veinte minutos llegó en la Station Wagon y cargó la cocina con la fuente en el horno.

Las excusas, inverosímiles. Deseaba la maternidad, siempre quise seis hijos, recordaba, y ella decidía su término, se desembarazaba.

Tuvo dos abortos mal hechos cuando comenzó a salir con mi padre. Decía que si el italiano se enteraba de que estaba embarazada no le daría el divorcio. El útero al revés, contaba.

Le tomó siete años.

El último recurso, la confesión y encargar estampitas del Espíritu Santo. Mi hermana, en sus palabras, un milagro. Casi se la extirpan, la confundieron con un fibroma. ¿Cómo nos cuidamos, doctor? No se preocupe, no ocurrirá de nuevo.

Un año y diez meses después vine al mundo, mi padre apostó que sería niño, mi nacimiento abolió el lenguaje del hijo.

Me costó tanto tenerlas. Tanto.

Atravesada por un remordimiento tardío, lloraba por ellos, rezó de rodillas nombrándolos: Andrea y Jesús.

Yo hice la cuenta: Beto, Andrea, Jesús, Dario, Vanessa y yo. En algún instante fuimos seis.

Ojalá te hubiera abortado a ti también. Así supe. Lo dijo caminando a un restaurante, como si nada.

Mi padre la denunció por abandono de hogar.

Una de las tres veces, nos pidió permiso para volver.

Cuando me aparecí con un animal rescatado me dijo: O el perro o tú.

Le busqué otra casa al perro.

En su deserción más larga, Vanessa y yo adoptamos uno. Mi padre lo permitió. Le pusimos de nombre: Epílogo. Planificábamos cómo esconderlo y dónde. No duraría ningún escondite. Tenía ojos en todas partes (cuando era catequista, este letrero en el baño de mujeres de la parroquia: Dios está en todas partes).

Dijimos: Tenemos perro. Tú vuelves, mamá, pero no se va el perro. Y ninguno se fue.

Epígolo, lo llamaban los niños del barrio. Epi, ven. Ven, Epi.

Aborrecía la soledad y parecía dedicar todos sus esfuerzos en quedarse sola.

Tuvo un amante, ya había botado a papá de la casa.

Vanessa se enteró porque le cancelaron las clases de biología, regresó más temprano, fue al baño a ducharse y lo encontró de espaldas y acuclillado. Desatoraba pelos de la rejilla. Lo descubrió dragando y esto es muy preciso, se llamaba Drago.

Frente al súper, esperaba clientes. Fumaba. ¿Por qué carga todo ese peso solita? Y se ofreció a llevarla gratis en su taxi.

¿Le molesta el humo? Si le molesta, dígame ya mismo que lo apago.

No, al contrario, ¿me convida uno?

Le encendió el cigarro antes de arrancar. Observándola por el espejo retrovisor, le dijo que tenía los ojos azules más bonitos que había visto en la vida. Ella vio que desde el espejo caía un Rosario, como en su vieja Station Wagon. Antes de venderla, recordó recuperarlo y lo enredó sobre su cama.

Mi padre solía dejarla en las citas médicas, en las compras y en el cajero automático para el cobro de la jubilación. Como la puerta del copiloto se trabó, iba sentada detrás de él. Se burlaba de que nunca cambió de estatus ni de auto. Furiosa le gritaba mediocre.

Drago alquilaba un Tico. En el Perú se decía de esta versión popular de Daewoo que en la carretera las llantas se despegaban del suelo.

Qué plaga, dijo mi madre de los Ticos, parecen de juguete pero son peligrosos. Uno se le había adelantado en el semáforo y casi la choca. ¡Bestia!, al chofer.

Descubrimos que mi padre se enojó.

Le envió una carta que ella atesoraba bien camuflada entre sus medias de nylon. Mecanografiaba los exámenes de inglés, los listados de asistencia del alumnado, las convocatorias a huelga y las denuncias del sindicato de profesores. La máquina de escribir que teníamos en casa era suya. Tipeaba sin ver, el pucho en la boca.

Sale un Escarabajo, entra un Tico, sale un Escarabajo.

Eso le puso en la carta. Mi padre sintetizó desplazar, competir, celar y cuernear.

Muchos años después, yo aprendería de técnicas narrativas y del uso de la elipsis.

Mi padre era un maestro de la elipsis.

¿Qué te gusta de Drago, mamá?

Me gusta que compartamos el vicio y a Dios.

Ella pidió el divorcio de forma sorpresiva a través de mi cuñado abogado.

Mi padre le pidió a mi cuñado que enviara los documentos a una dirección ficticia.

¿Te llegaron los papeles?

No los recibí. ¿Cuándo los mandaste?

El divorcio se estancó.

Drago no la esperaría.

Se ve que solo quiso la casa, dijo mi padre, y esa casa yo la trabajé para ustedes. Me rompí el lomo y nadie se las va a quitar. Y recuerden que cuando me muera les corresponde mi parte y a su hermano no. Y a mí nadie me va a venir a quitar el sitio en el garaje de una casa que pagué yo.

Un domingo nos juntamos a comer en casa de mi madre. Pollo a la brasa. Pasó una hora y media, de tanto en tanto mi padre se sacaba y ponía el reloj: Seguro recién lo están pelando.

Ella abrió un cajón y extrajo un separador de un recetario:

Toma, pídele al Divino Niño que te dé paciencia y te quite ese malhumor. Estás hecho un viejo.

No quiero rezar.

Es milagroso.

No sé rezar.

Mira, aquí atrás tienes las indicaciones.

Le dio vuelta, leyó, se puso rojo y lo rompió. Recogió los papelitos, incluyendo el que se cayó al piso y los puso en el cenicero.

Tampoco es para tanto, dijo mi madre. Si tú no crees, ni siquiera en ti mismo, no tienes que venir a maldecirnos con tu carácter.

A Vanessa y a mí también nos pareció exagerado, la cosa podía acabar mal otra vez.

Mi padre partió a la pollería:

Y si no vuelvo, no me esperen. Se cocinan uno que yo no soy chofer de nadie.

Tomé los pedazos, los junté y soplé las cenizas que quedaron en la mesa.

¿Qué dice?

Espérate.

Rearmamos la estampita. Leímos. Al final tenía un agradecimiento:

«Con. Devoción. Tus hijos, Luchita y Drago».

Ay, mamá. Tú tampoco pones de tu parte.

¿Cómo me voy a acordar que pusimos eso pues, hijas? Pobre su papá. Es el padre de las dos y merece respeto. Ni que estuviera loca.

Loca, no, dijo Vanessa, tramposa, nomás.

Y estallamos.

¿Cómo me vas a decir tramposa? Y se reía. Nos atorábamos, nos goteaba la nariz.

Reíamos cuando él regresó con dos paquetes:

¿Qué les pasa, sonsitas? Me dieron medio pollo más por la espera.

Respiramos hondo. Saqué de la mesa el frutero con manzanas delicia y el cenicero, hice espacio.

Vanessa y mi madre escogieron las pechugas y nosotros dos, pierna. Como siempre.

Cuánto pellejo. No lo vayan a comer que es puro colesterol, dijo mi madre. Yo tengo el colesterol en más de trescientos.

Es lo más rico, dijo mi padre. Y lo mordió. Yo también. Nos regalaron las alas. ¿No las van a comer? No. Las arrancamos.

Riquísimo, dije.

Ellas cortaban con cuchillo, sin embarrarse, como siempre.

Si sobra me lo guardo para mañana, dijo mamá, y tengo almuerzo y no cocino porque últimamente me da mucha flojera cocinar para mí sola. Eso es lo malo de vivir sola.

O invítale, dijo mi papá.

¿A quién?, y dejó de masticar.

Abrió comillas con los dedos y con la boca llena:

A. Tu. Draguito.

Cumplo cuarenta y cuatro años en el campo.

Rodeada de nísperos, nogales y sauces llorones.

El caballo se llama Viento y está atado.

El perro toma sopa de pollo a ver si se cura del parvovirus. Tiene seis meses.

Una serpiente inocua se camufla de una peligrosa, enroscada bajo un cactus que ayudo a podar.

El sapo cuyos ojos fulguran desde el tanque de agua salta al inodoro, hay que hacerlo salir antes de tirar de la cadena. ¿A dónde llegaría si es tragado por el torbellino?

Me hago cargo de todos los seres vivos. Y lloro. ¿Segura que es por eso? ¿Por el conjunto?

He alcanzado esta edad. Se me ha roto todo, nunca un hueso.

Mi madre: Ni lo que me gusta de ti termina de gustarme.

¿Cómo se nace de haber nacido sin ella?

La noche anterior es un precipicio. Como el sapo del tanque, dependo de un ruido o de una orden para saltar a tiempo.

El viernes cumpliré cuarenta y cuatro años.

Me preguntas qué deseo para desayunar, eso es un lujo.

He dormido sobre estiércol, sobre la primera garúa y en la niebla.

En la adolescencia participé en caminatas. Nos pidieron provisiones para cuatro días de marcha y L. se apareció cargando una sandía, un bidón, una carpa para cuatro personas y una mochila de cuarenta kilos. Hacía fisicoculturismo, tomaba el ancho de sus brazos a cada rato, necesito que midan cincuenta y cinco centímetros. Al primer kilómetro dejó rodar la sandía. ¿Por qué eres tan terco? Cargó el bidón con las dos manos otros tres kilómetros hasta que casi se desmaya. Íbamos al final, el guía que cerraba la marcha informaba por radio nuestra lentitud. En su mochila tenía veinte latas y, en la penúltima noche, conservó cuatro y distribuyó el resto entre todos.

He caminado hasta ampollarme, tuve más ampollas que una tenista profesional. A diferencia de L., soy leve, soporto poco y mal el peso.

Pie plano y pie cabo, la pierna derecha un centímetro más corta que la izquierda, el pie izquierdo se alza recto y cae chueco en cada pisada, plantillas ortopédicas de por vida. Si no las usas, se te arquean las piernas.

Respondo por mis huesos. Escoliosis lumbar. Hernia de núcleo pulposo entre la quinta y sexta cervical, implante de titanio. Labrum roto.

Atleta de alto rendimiento, lo hubiera podido ser, lo fui. Corredora. En el bosque de los periquitos australianos, en el bosque del insomnio de mi madre.

Si comenzaba a oscurecer y veíamos desde la pista de atletismo, la luz de nuestra habitación encenderse, volvíamos. Nadadora. Lo soy. Colecciono playas, devenir donde nadé la infancia. Bocarriba, mi padre cerró los ojos y flotó, sonreía amodorrado, los brazos largos tan abiertos.

No soy bailarina, no soy futbolista, no soy karateca. Nada de eso. No.

Mi padre me enseñó a caminar rápido. Me le escapaba de las manos. Sin entender la prisa de chocar el cuerpo, el rebote, la inercia. Mi velocidad secreta. Vivía perseguido, su andar era funcional, llegar, llegar. Apúrate. Hasta que se detuvo. Es un proceso y se llama oxidación, dijo. El tronco de un molino, una cabeza que todavía pensaba y dos infinitos brazos segadores.

Padre, ibas apurado, yo te perdía.

Con mi madre aprendí a caminar en círculos.

Hace doce años, expertos alemanes en cibernética biológica demostraron que caminamos en círculos, incluso círculos muy pequeños de veinte centímetros de diámetro, cuando nos perdemos en terrenos no familiares o poco confiables.

«Los resultados mostraron que los caminantes solo pudieron mantener la línea recta cuando el sol o la luna estaban visibles. En cuanto el sol se ocultaba entre las nubes, la gente comenzaba a caminar en círculos sin darse cuenta», se lee en 20minutos.es.

La bajada del artículo: La incertidumbre, la clave.

Cuatro es lo que recuerdo. Puede ser que haya sido antes.

En 1986, yo tenía nueve años y todos los augurios se anunciaban en el cielo. Chernóbil, el Challenger, el cometa Halley, y el avión de Alitalia que debía traer a mi madre.

Tuve miedo de la premonición.

Daba vueltas alrededor de la mesa de la sala esperándola.

La alfombra roja decolorándose. Tocar el respaldar de cada silla. Recomenzar.

Dos alfombras y una zona franca, cada alfombra, un continente. Y el trapo, un islote.

Digo aparecer con intención capicúa: defecto que podía ser virtud.

Solo camina en círculos.

Me abre los ojos con sus dedos, tienes que mirar, una irritación supurante de lágrimas saladas, sal distinta, de mar. ¡Mira!

Solo con la comida el placer era inmediato. ¿Está rico? Riquísimo. ¡Hoy hay carne!

Mi letra copió la suya, sin los vuelos.

Ni hablar, yo estoy pagando por esto, permiso.

Si regresa lo mato.

Las manos que me tocaron. Primer diccionario. Primer silabario.

Madre, yo te orbitaba. Foco encendido. Foco apagado. Tú me perdías.

No duraría ningún escondite.

En el salón de clases dibujaba fetos con tiza en la pizarra, quizás como diciendo: Ayúdenme a salir del saco embrionario, estoy lista para nacer.

Bajé las gradas rozando el pasamanos, como una estela de reconocimiento, con certeza táctil.

Y de pronto su mirada azul dice mi nombre.

Vámonos.

Su risa de labios rojos inicia el verano, las flores de estación duran todas las estaciones.

Sus pies se hunden, algo teme, la persiguen, se recupera y sigue avanzando veloz. Hace trece mil años, una mujer cruza el fango del actual Monumento Nacional de las Arenas blancas, en Nuevo México. Interrumpe la marcha. A su lado, las huellas de un niño. Tras ellos va un oso hormiguero gigante. También se detiene. Reconoce el olor humano, se aterra y huye en otra dirección. La mujer sigue de largo, está decidida y sabe a dónde, a un lago.

Vuelve sobre sus pasos.

Las pisadas se hacen menos profundas, se deduce que ya no carga al niño, ¿qué les ocurrió?

En ese pantano que pasó a ser yeso que pasó a ser arena, las sedimentaciones dan cuenta de la doble falta, un hijo deja de serlo, una madre deja de serlo.

En el taller que dicto en línea dos veces por semana pedí que continuaran la historia. Les íbamos a dar un cierre.

Escribieron:

El miedo palpita como un insecto vivo.

Escribieron:

Corre, la tierra muerde.

Escribieron:

Si lo dejo, yo también me fundo en la arena.

Insistencia en los verbos: abrazar. Abrasar.

El hijo se funde con la madre. Una mujer se funda como madre con el primer hijo. Fundirse, incendiarse al sol de un desierto. El abrazo abrasivo de una madre.

¿Dónde está el niño?, preguntaron cuatro textos de veinte.

Uno planteaba: ¿Dónde está el niño?, dijo el altavoz. Ecos bíblicos. Es la voz de Dios la que pregunta a Caín: ¿Dónde está tu hermano? Sabe que Abel está muerto. Estas autoras comprendieron que el niño de sus ficciones lo estaba y reclamaron el cuerpo, vivo o no.

En todos los textos, ninguna madre se salva. O se rinde o entrega al hijo a un altar de sacrificio o lo cubre de fango y se intercambia. La madre-presa.

Nadie logra hacerlos conquistar el lago, nadie les permite orillarse y saciar su sed. No se puede.

Los volvemos caminantes perpetuos, desde el mesolítico hasta nuestros días —atravesaron, atraviesan, atravesarán médanos, lagos, ciudades—, los condenamos a repetir su intemperie fundacional.

Murieron sin saber que Vanessa se embarazaría de Lorenzo.

A mi hermana y a mí también nos preguntaron:
    ¿Dónde está el niño?
    A mí, todavía.

Durante el penúltimo año de la secundaria, el ejercicio anual de las clases de psicología fue observar el desarrollo de un bebé. También repetí el ejercicio.

Conseguir una madre, pactar con ella, te veré moverte pero no interferiré, contemplar sus desplazamientos y su acercamiento al hijo. Cómo dormía la criatura, su temperatura durante el sueño, con los puños abiertos o cerrados, el despertar tranquilo o asustado, si lactaba o tomaba fórmula. La intensidad del llanto, reconocer si por hambre, sueño, gases, dentición, enfermedad.

Por primera vez, todavía adolescente, auscultar a un ser vivo durante tres horas, cada semana, desde una cercanía natural y distante, desde la perplejidad de atestiguar crecer.

El profesor nos pedía compartir en voz alta los informes. Yo anotaba con profusión los detalles, incluía conclusiones no solicitadas.

Elegí a Verónica.

Amamantaba a su hija mirando la televisión con el volumen al mínimo, la acunaba en sus brazos y le susurraba de vez en cuando palabras de aliento. Cuando la chiquita pudo comer sólidos, le mostraba una galleta de vainilla y, apenas hacía el gesto de abrir la boca, le quitaba la galleta de la vista y le suministraba, en cambio, lentejas.

Anunciaban mi nombre, nos debíamos poner de pie.

Leía:

La niña quizás crezca sintiendo que su madre la ha traicionado, sin tener claro por qué, pero sabiendo en el fondo que es así. Los esfuerzos maternos por generar una y otra vez su confianza fallarán.

No te me adelantes, pedía el profesor.

Recuerdo únicamente el nombre de la madre, el de la hija se borró de mi memoria. Queda claro quién me interesó más: el personaje contradictorio.

No te me adelantes, pero su anhelo semanal, la sonrisa curiosa, mis compañeras atentas, en respetuoso silencio, frente a un nuevo informe cada vez más complejo.

Nos preparaban para la maternidad. Para llegar a ella. Precavidas por los errores observados que no repetiríamos. Para llegar a ella siendo ideales.

Este mismo profesor me tomó el examen vocacional y me aconsejó estudiar periodismo. Trabajé en el canal de noticias casi cinco años, hasta que edité los videos de los rehenes decapitados en Irak. El material al que más me expuse, en el lapso de una semana. Solo así se detendría el instante que precedía al horror, la lámina sin filo contra la garganta, la mirada ya cedida. Ese instante.

Había visto cientos de imágenes.

Los redactores vestíamos nuestros textos con nuestros propios videos. Apoyábamos a los editores dedicados contra reloj a los reportajes políticos del día. Ninguno me golpeó de esta forma. La pena a largo plazo, sedimentada. Preservas a los televidentes, les confías un salvoconducto, el corte protector, mientras algo de ti se extingue.

La literatura es demasiado solitaria y tú eres un ser social, me dijo.

Sin poder reconocerlo, durante el acopio de observaciones de esta familia de dos, yo aprendía, me adentraba en la naturaleza de otras formas de creación, en el corazón flexible de la escritura. Acopiar, acopiar y perder el tiempo, hormiga y cigarra. Un don me capturaba, me liberaba, me entregaba a una perseverancia sin retorno y, entonces lo supe, por más ensayo de soledad, escribir es siempre con los otros.

¿Qué otra cosa aprendía? Los hijos se vengan, es cuestión de tiempo.

Un año y medio sin conseguir volar a Lima. Viajo sola.

Cuatro hisopados en catorce días.

El primer domingo, nos subimos con Vanessa, mi cuñado y Lorenzo a una lancha azul celeste. Descansan silenciosas sobre los cantos rodados del mar de Cantolao.

Antes, almorzamos ceviche en La Punta. Es abril, un raro abril con cielo despejado y sol de verano. Un abril de duelo nacional. Un peruano muere cada cinco minutos.

En una bolsa a nuestros pies pesan dos cajas: una de madera y otra de mármol.

Lorenzo remoja trozos de pescado frito en su limonada, zumo y jugo son lo mismo y no lo corregimos. Parece que será ambidiestro. Come con la izquierda. La derecha es un puño donde resguardar su obsesión, va con un desarmador a todos lados. Es un destornillador entrenado, se divierte con partes, ningún juguete completo. Su objeto transicional, aunque adulto, obedece a infancia, desentrañar el enigma de las cosas.

Lo tenemos que hacer ahora, dije. Es muy importante para mí que lo hagamos ahora.

Yo también quiero, respondió, me parece bien. Mi hermana.

El remero avanza. Se llama Julio. Hace treinta y cinco años que hago esto, otros prefieren irse con los que tienen motor pero mucha bulla.

Apretados en los chalecos salvavidas, mi hermana y yo en la proa, la bolsa entre nosotras, Lorenzo y Roberto en la popa.

Dejamos atrás la Stella Maris, el salitre, y bordeamos la pared rocosa teñida de guano, las gaviotas indiferentes, las arañas de mar. Tres pelícanos pasan a nuestro lado rozando el acero del agua.

Es el océano de mi padre. Treinta años de inmensidad. El muro de piedra pertenece a la Escuela Naval, algunas tardes debió llevarnos, lo esperábamos en el Escarabajo o escondidas en un aula vacía. ¿Escaló la roca, se asomó y contempló las islas?

Nadamos juntos aquí, hay que meterse corriendo, mejor de una vez, no corras entre las piedras, remaba en retroceso, ahorita te alcanzo, nos congelábamos y salíamos violetas y arrugados. La raspadilla, el helado Glacial, tiritar y pedir más hielo.

Es el océano de mi madre. ¡La Punta! ¡La Punta!, brincó en la cama, gritó enloquecida y nos reímos.

La costa se despide, los ojos agradecen la visión de profundidad, el horizonte, el silencio. Mar abierto sin espuma, patinado. Nos miramos con Vanessa, nos comprendemos.

Hemos venido a lanzar las cenizas de nuestros padres, digo.

No han muerto de Covid, digo.

No hay problema.

Han muerto hace mil años, dice Vanessa.

Acá vienen muchas familias a hacerlo, los buzos de la Marina encuentran las urnas todo el tiempo. Vamos un poco más allá.

Las islas siluetean.

Despídete de los abuelos, pide Vanessa.

Chau, cajitas. Dice Lorenzo.

Sacamos la de mármol. La sostenemos un rato, dudamos. Las manos de mi hermana y la mía. Contamos hasta tres y no la soltamos. Ahora sí. Un. Dos. Tres. Se hunde veloz. ¡Ah!, dice Vanessa, ¿por qué tan rápido?, ni burbujas hizo. Una bomba, directo al lecho marino, zambullida, un ancla. Impregnados de agua salada.

Tienen que lanzarla al ras, dice Julio.

La de madera. Al ras, sin conteo. Y flota. Un exceso de potencia y ahora, una ligereza extrema, imprevisible. Pero no debería sorprendernos, qué obviedad, mármol y madera.

No se hunde, se tiene que hundir, digo.

No te preocupes, dice Julio, el agua entrará a la madera y se hundirá.

¿Pero si alguien la ve y la recoge?, dice Vanessa. Las manos contra el borde, aprensivas. Es demasiado visible.

No, dice Julio. Eso no pasará.

Lorenzo, que ha estado quietito, se levanta y apunta con el desarmador: ¡Ahí está! ¡Ahí está! ¡No se hunde! Capitán y grumete y loro. De todas las palabras recogió incertidumbre. Recogió desconcierto.

La caja se mece, se aleja, se espeja, se va.

La corriente la adentra hacia las islas.

Julio rema. Seguimos viéndola. Confiamos. Bordearemos las rocas de vuelta y.

Nos rodearán aleteos plateados y.

Una estela.

La que se hunde desapareciendo de golpe. La clavadista, la que no se mojaba el pelo. El que surca y resiste, en la superficie, devaneo.

Nunca fueron pacíficos. Están en las aguas del Pacífico.

Julio dice que hacía unos quince, veinte años, en este mismo trayecto, no tenía ni que lanzar las redes, las dejaba encima de los asientos, me devolvía a la costa con la embarcación llena de peces, saltaban aquí mismo, aquí adentro, todo, todito, cubierto.

Me encierro partida en dos, me acuclillo, me levanto.

En cuclillas voy a romperme, tiemblo, sudo frío, vuelvo a pujar.

En la ducha lloro lágrimas calmas.

¿De qué crees que te liberaste?, pregunta mi analista.

Sentí que alumbraba algo.

Eso mismo pensé.

Me liberé de mi madre.

Para ser más precisas, continúa, ¿será que pariste su mirada reprobatoria y la aprobatoria también? ¿Será que pariste el peso de sus ojos?

Sola voy lento. Escucho, esquivo, anoto, miro hacia arriba. Lo más interesante transcurre en las ramas y en los alféizares. Un reborde. El relieve de un gato, indiscreciones, los pájaros y las risas. Un imprevisto. Si paso junto a un sauce llorón —en italiano, sauce pensante— me detengo al embeleso, era el favorito de mis padres, también es el mío. En Santa Clara sembraron uno que daba una dulce sombra, le armamos un columpio con sogas y una tabla y con Vanessa nos abanicamos al sol del mediodía, a cuántos ocasos entré balanceándome, atenta al agotamiento de las ramas. El estado contemplativo me absorbe y tranquiliza. Esta playa, este campo, esta aridez, a dónde ir sino es al río.

Me despisto y derrapo.

No puedo seguir los mapas, los físicos y los del celular. Tomo el subte en el sentido equivocado, sigo de largo todas las estaciones.

Me da miedo perderme. Preguntar por la dirección de mi casa en mi lengua materna y escuchar por respuesta un idioma extranjero. Que no hablo.

De todos los horrores me fui a pie, sin rumbo. Caminar: permanecer a escala humana, los ojos a la altura de otros ojos.

Los puntos se salen solos. Durante dos meses no puedo andar más de tres cuadras. Hago rehabilitación interdiario. Jorge hunde sus yemas en las dos pequeñas cicatrices rosadas de la cadera. Por aquí entró la cámara, por aquí el bisturí. Hay que soltar, dice, estás dura, de piedra. No tengo paciencia ni concentración para los ejercicios en suelo. Cuando corría, nunca calentaba. Odiaba los abdominales, me hacían doler muchísimo la espalda, serpenteaba la escoliosis que desconocía. Tampoco elongaba tras las carreras. Confiaba en mi disposición. Corría y listo. Mi gacela, decía la profesora de atletismo. Con la bicicleta y la natación, improvisar.

Esta rigidez no está bien, colaboro en la colchoneta, imito las demostraciones de cada nuevo movimiento con la ilusión de mejorar, presto atención, hago bien las cosas, mis huesos están comenzando a envejecer y necesito mantenerlos fuertes.

A las dos semanas intento volver a casa caminando. Tardo más de una hora en un trayecto de veinte minutos. Un pinchazo en la pierna me hace cojear. El largo conteo de los semáforos no me alcanza y debo retroceder y esperar en la berma. Estoy ralentizada.

Después de rendir intensamente, abandono los ejercicios en suelo y me dedico casi por completo a la bicicleta estacionaria. Me duele todo y sigo pedaleando, leyendo mi velocidad y esfuerzo en una pantallita. Soy la única del centro que no sigue las noticias en el televisor. Cuando nadie me mira, le bajo el volumen a cero. Mis manos en el manubrio y los ojos fijos en mis manos. Encontramos algo que te gusta, ¿eh?, grita Jorge.

Toda la vida hundí el pie izquierdo, es un andar que yo tengo. Me enteré tarde, a los veinte, cuando una amiga del colegio me dijo: Sabía que eras tú por tu forma de caminar. ¿Cuál forma de caminar? Ni mis padres, ni mi hermana, nadie me lo advirtió. Yo notaba que otros andaban chueco, veía las suelas desgastadas y pensaba que debían dolerles mucho, mucho las lumbares.

El doctor me recibe en su consultorio. Sus ojos brillan sobre el barbijo, sabe que hizo un buen trabajo. Me recuesto en la camilla. Alza mi pierna izquierda y la rota sobre su eje. Bien. Muy bien. Le cuento que caminaba hundiendo el pie izquierdo y que, pese a mis intentos, nunca lograba enderezarlo.

No ibas a poder.

Pensé que dependía de mí.

No. Y se acabó. Era por el labrum.

¿En serio?

Caminá.

No tengo cómo constatar, no hay un espejo pero tampoco es algo que se note andando por un pasillo frente a un espejo, es algo que otros deben confirmar por ti. Se sienta al borde del escritorio y choca sus manos:

Se terminó. Tenés que pensar que después de cuarenta años estás aprendiendo a caminar de nuevo.

Despierto en un colchón en una habitación blanca, me levanto acorralada de angustia. El charco de sangre, a punto de rozar las sábanas. ¿He matado?

Un solo cuerpo, el mío.
   Vivo y sangrante.
   Un cuerpo capaz de alumbrar.
   En el espacio onírico me estoy matando a mis padres.
   Me autorizo por fin a dejar de ser hija.

Ana y yo compartimos un ritual desde que nos conocimos. En la primera y última hora, quien va primero al baño deja pasta de dientes en el cepillo de la otra. Le comenté que los comerciales nos inculcaron que necesitamos una gota de pasta cuando es suficiente una gotita. Desde entonces aplicamos la gotita, esa porción, es cierto, basta.

Dormían en habitaciones separadas,
por esa bifurcación original,
hacia qué cuarto caminar,
me asusté cuando dijiste,
quiero dormir abrazada a vos.
Me dijeron:
Tu nombre es anagrama de quita.
Me viste.
Me viste.
Yo me vi.

Lo primero que busco al ir al baño es mi cepillo de dientes. La cantidad es ínfima, de lejos parece no estar. Los segundos hasta que recojo el cepillo me hacen sufrir. Dudo. Es un mínimo gesto atesorado, el cuidado más íntimo, el túnel entre nuestras soledades, la boca que dialoga con la otra y el mundo.

¿Recuerdas al guía que en medio de la selva pidió: guarden sus linternas?

Y recuperó la oscuridad de una noche como no vimos más.

Atrapó una luciérnaga, la sacudió en su puño sin herirla, mostrándonos cómo se encendía y apagaba.

Más tiempo, mucho más tiempo, hemos durado tú y yo en nuestras manos.

Qué hacer con el exceso de luz.

No saberlo y lo supimos.

MAPA DE LAS LENGUAS UN MAPA SIN FRONTERAS 2023